魔法×科学の
最強マシンで、
姫も異世界も俺が救う！
語部マサユキ
イラスト ソエジー

▶バサラ・アカツキ
ラマテラスのパイロット。
前の世界で復讐を果たして燃え尽き気味。
異世界に戸惑いながら
冒険者として生活する。

▶ナディラ・E・アスカラリム
第二王女。
国や民を大切にしており、
王族でありながら最前線で兵を率いる。
最近は魔族に関する事件が
増加し頭を悩ませている。
▶モコモコ
豆柴型のロボットで砕けた会話が
できるくらいバサラとは良き相棒。
サブパイロットとしてバサラをサポートする。
異世界をノリノリで楽しむ。

『氷獄結晶嵐《コキュートス・ダイヤモンド》!!』

サンライト・カタストロフィー（SC）

機体胸部に搭載された最大火力の兵装。

発射時には両肩部を展開、さらに『ヤタガラス』によってエネルギーをプラズマ変換し収束する。

この時ラマテラスの赤いラインは輝く山吹色に変化し、周辺温度は急激に上昇する。

そうして放たれる超高熱の奔流は、まさに全てを焼き尽くす太陽の光となる。

ただし決戦の折に破損しているため現在は使用できなくなっている。

ASリアクター『ヤタガラス』

背部に八芒星の形でマウントされる小型端末で、八基に分離・独立機動が可能。

人型形態ではスラスターとして使用されるほか、バード形態では四基で片方の翼を形作り両翼となることで爆発的な推進力を発揮する。

SC発射時には背後に展開して円環を形成し、機体内部では収まらない膨大なエネルギーのプラズマ変換を担う。

AS近接戦武装『カタナ』

ASエンジンのエネルギーを刀身にするビームソード。その温度は一万度を超え灼熱の剣となる。

人型形態

BIRD FORM

バード形態

■ ASライフル

ASエンジンのエネルギーを放出できるビームガン。チャージすることで高出力射撃が可能だが連発すると一定時間の冷却が必要。

機体情報

バサラがパイロットを務める人型機動兵器《メタルジャケット》(MJ)。

元々は敵対勢力『神坐の民』が開発した試作型MJだったが、バサラが強奪して以来愛機となっている。

無尽蔵のエネルギーを生む人工太陽炉《アーティフィシャル・サン》『ASエンジン』を搭載し、他の兵器を凌駕する圧倒的な性能を持つ。

白兵戦に特化した人型形態から高速飛行に特化したバード形態に変形可能で状況に合わせて使い分ける。

コックピットを分離するとホバークラフトとなるため、移動や脱出に使用される。

最強というべき強大な力を持つと同時に使い方を誤れば大量虐殺を招きかねないため、バサラは本機体が不用意に知られるのを避けている。

武装

- ASライフル
- AS近接戦武装『カタナ』
- ASシールド『ミカガミ』
- 腕部ビームバルカン×2
- 腕部グレネードランチャー×2
- 機首用打突ガントレット
- ヤタガラス・ビームバルカン×4
- サンライト・カタストロフィー(SC)

ラマテラス
R・AMATERAS

魔法×科学の最強マシンで、姫も異世界も俺が救う！

語部マサユキ

角川スニーカー文庫

24636

口絵・本文イラスト／ソエジー
口絵・本文デザイン／AFTERGLOW

CONTENTS

MAHO×KAGAKU NO
SAIKYO MACHINE

Prologue ▸▸▸ プロローグ

時刻は夕暮れになろうかという日が傾きかけた頃、少女は一人家路を急いでいた。

両親を早くに亡くし、病弱で寝込む事の多い妹に対してたった一人働く事の出来る彼女だけが妹を養える存在なのだと日々奮闘し、そんな境遇を慮ってくれる雇い主のお陰で生活はギリギリでも何とか貧民街で暮らしているのだった。

ギリギリであっても、それでもただ一人妹さえいてくれれば、妹が笑顔でいてくれるなら彼女は幸せであったのだ。

「今日は奮発してお肉買ったから、あの娘も喜ぶわ」

帰りを待つ妹をちょっとしたサプライズで喜ばせよう、そんな少女のささやかな望みは突然断たれる事になってしまう。

ドゴオオ……ドオオオオオン…………ボオオオオオオン…………。

「……え⁉　なに？」

どこからともなく連続して聞こえて来た何かが破壊されたような轟音《ごうおん》。

それがこの王都の中心にある王城で暴れる巨大な存在のせいであるなど分かるワケも無いが、次の瞬間に貧民街上空に現れたそれを目にした全ての者たちは一様に言葉を失った。

「ド…………ドラゴン？」

その一言を誰が口にしたのかは分からない。

しかしその言葉で誰もが理解してしまった……巨大な翼に黒光りする鱗《うろこ》を全身にまとう、凶悪な爪と牙《きば》を持った魔物の中でも最も強力で凶悪な存在であると。

その巨大な存在が気まぐれに降り立つだけで地上の人間は虫けらの如く踏みつぶされ、その気になっただけで巨大な爪や尾は全てを破壊し、大きく開かれた顎《あぎと》に燻《くすぶ》り続ける炎が解き放たれたら、あらゆるモノ全てが生物も物質も関係なく焼き尽くされる事も……理解できてしまう。

そして理解してしまった瞬間、貧民街の人々は一気にパニックに陥る事になった。

「「「ウ、ウワアアアアアアアアア!?」」」

そんな慌てふためき逃げ惑う人々をドラゴンは鬱陶《うっとう》しいと思ったのか、それとも優越感を覚えたのか、ドラゴンは急降下して爪を振り回すと安普請《やすぶしん》の建物を一気に瓦礫《がれき》に変え、更に飛び上がってブレスを吐き出し燃え上がらせる。

パニックはますます広がり、人々は我先に他者を押しのけて逃げ惑い負傷者も出始める。

そんな中、少女は一人腰を抜かしていた。

己に降りかかった死の恐怖ももちろんだが、今のドラゴンの気まぐれな攻撃が自宅の方角に向かなかった事に一瞬だが安堵《あんど》してしまい……。

だがそんな少女を上空のドラゴンは見つけてニヤリと……嗤《わら》った。

それは少女が腰を抜かして見つめるその先、そこに少女にとって絶対に失いたくない大切な何かがあるのを分かった上での、汚らしい笑い顔。

少女の背筋は瞬時に凍り付く。

「まさか……イヤ……イヤ⁉　しないよね？　そんな事はしないよね⁉」

それは言葉が通じるとかそんな事を考える余裕など一切ない心の底からの懇願の言葉。

たった一つの生きがい、たった一つ残された彼女にとっての生きる意味……妹は病弱で歩く事も困難であるのに、この状況でもしも火など放たれようものなら……。

上空から見下ろすドラゴンは、そんな恐怖し絶望し、哀れにも自分の命よりも優先し懇願する姿をあざ笑うように、少女の視線の先に向かい、その巨大な顎を開き魔力を集中させる。

巨大なブレスを眼下に吐き出す為に……。

「止めて……お願い……それだけは……あの娘を奪う事だけは………」

『ゴアアアアアアアアア‼』

「ヤメテエエエエエエエエエエエエエエ‼」

少女の懇願も空しく、無情にも貧民街に向けて放たれる激熱の業火。

最も大切な、命よりも大切な存在が無慈悲にも焼き尽くされる……そんな絶望の叫びを少女が上げた、その時だった。

ドラゴンが放ったブレスの前に白く巨大な、金属製の巨人が降り立ったのは。

巨人は重量ある金属音を立てて着陸するとそのまま両手を天に掲げて、次の瞬間には上空一杯に広がる青く輝く巨大な魔法陣を展開。

そして間髪入れずに魔法陣を発動させると上空に向けて超低温の極大で激しい嵐を解き放った。

『氷獄結晶嵐《コキユートス・ダイヤモンド》‼』

解き放たれた低温極大の嵐は凄《すさ》まじく、ドラゴンのブレスとぶつかり合い全ての業火をかき消してしまう。

そして最後には低温によって生じたダイヤモンドダストがキラキラと舞う中、夕日に照らされ立っていた。

その姿は神の如き雄々しさで、少女はその姿と聞こえて来た魔法の名に生前の母に聞かされたおとぎ話を思い出していた。

「今の魔法って……ウソ、でしょ」

未だに腰を抜かしたまま、夕日を背に雄々しくドラゴンを睨《にら》みつける巨人の姿に……少女は思わず呟《つぶや》いていた。

「神様……？」

それが神様でも何でもないなど知る由も無い少女はこの日、間違った信仰心を持つ事になってしまう。

残念な事に、誰一人として訂正や否定をする者がいなかった為に。

Chapter 1 一章　異界に降り立つ白き巨人

「う……くく………ぐ？」

意識が戻った瞬間に感じたのは全身に走る痛み。

そしていつもと同じ、何度も死線を潜り抜けて来た愛機のコックピットの風景。

現在は待機モードの緑色の光に照らされた薄暗い場所で自分が未だに操縦桿《そうじゅうかん》を離していない事に苦笑してしまうが、意識が鮮明になってくると同時にそんな事よりも重大な事にようやく気が付く。

「……何で生きてるんだ？　俺」

自分が生きていて意識を取り戻したという事が最大の疑問。

覚えている最後の記憶を辿《たど》っても、どんなに頑丈な機体であってもどれほど運が良かろうとも、絶対に生き残れる状況ではなかったハズなのに。

「イ……ッ……」

動かすたびに全身に痛みが走り何度も体を打ち付けた事は間違いなさそうだ。

同様に愛機『ラマテラス』が直接負ったダメージも半端ではないだろうが……。

「そうだモコモコ……モコモコは!?」

そして俺はいつもは専用席に鎮座して索敵担当をしてくれる犬型ロボット『モコモコ』がそこにいない事に気が付き周囲を見渡すと、目的のヤツは操縦席の下で目を開けたまま停止していた。

大事に抱え上げて専用席に横たえるが、いつもならサポートメカとも思えない程やかましいヤツなのに、こうして動いていないというだけで言いようのない焦りが生まれて来る。

「電池切れか？　致命的な故障とかじゃなければ良いんだけど……」

とにかく今は状況の確認が先決である。

俺はまずメインシステムの再起動をして、ラマテラスの損傷個所を確認する。

駆動系がイカれているのは仕方がないが、最悪気密性が失われていたら致命的だ。

『おはようございます、マスターアカツキ。ラマテラス再起動。ＡＳ《アーティフィシャル・サン》エンジン再始動まで三……二……一…………ＡＳエンジン再始動、メインコンピューター再起動確認しました』

「再始動は可能って事はエンジン自体は無事か。ドッグにも入れずにあの危険極まりないエンジンになにかあったらどうにもならないからな……」

壊れていたら自分ではどうしようもない場所が無事であった事にひとまず安堵して、一気に流れてくるラマテラスのコンディションを流し見して行く。

エンジンは出力共に異常なし、リアクターに異常……まあ仕方がない。

武装は『カタナ』と『ライフル』は出力制限はあるけど使用可能。

徐々に判明して来る愛機のコンディションは最大の武器は使用不能だが動かす事は可能であるという、予想よりも遥《はる》かに軽い損傷であった。

しかしそんな事よりも一番懸念していた気密性の部分に大問題があった。

「あ？　気密性二十％⁉　え？　じゃあ俺何で今生きて⁇」

激しい衝撃のせいか既に戦闘服付属のヘルメットはバイザーが砕けていて呼吸の維持など出来ない。宇宙空間で気密性を失ったら酸欠どころじゃない、全身の水分が蒸発して死んでいるハズ……無論スペアに代えた覚えもない。

なのに自分が生きている理由と言うなら……。

俺は慌ててモニターを外部カメラに切り替えて外部の映像をフルスクリーンで浮かび上がらせると……本日三回目になるセリフを呟いてしまった。

「……何で生きているんだ？　俺」

そこは暗闇に包まれてはいるものの木々の生い茂る森の中、空に輝くのは満天の星、大気特有の瞬きもしっかりと確認出来て……ここが地上である事は想像に難くない。

確かにここが地上であるなら穴が開いても呼吸に問題は無いだろうが、そんな事はどうでも良い。

軌道衛星上で大爆発に巻き込まれて、その上で地上に墜落したというのなら……自分自身で何度も思ってしまう。

生き残る事が難しいどころではない。

生きていてはいけないレベルであると……。

「何で生き残ってるんだよ……俺だけ……」

仲間も敵も、自分以外の連中の命を易々と刈り取って行ったくせに……俺は信じてもいない死神に恨み言を呟いてしまう。

しかしいつまでも愚痴っていても始まらない。

ここが地上であるというのなら、とにかく今の場所と時間を確認して可能であるなら反乱軍への連絡が付けば……俺はそう思って現在地の確認をしようとキーボードを叩《たた》く。

しかしモニターに映った現在の状況を示す文章に思わず目を疑った。

『現在地、特定不能』

「…………は？」

なんで？　駆動系の故障は無かったがこっちの方に異常でも発生したのか？　一瞬そんな考えが過ったが、残念な事にコンピューター関連は正常に稼働していて、むしろ故障していた方が良かったくらいの正確な現状を伝えて来た。

『方位、星図、気候、地形、現在確認しうる情報を精査した結果、地球上に該当するデータは確認できず』

「なん……そ、そんな馬鹿な⁉　まさか月とか火星とかに秘密裏に居住区が出来ていたとでもいうのか？　こんな森林が出来るくらいの……」

以前から地球外での居住を可能にする研究は、それこそ何百年も前からあったが戦争の為にその辺の研究が可能なレベルには達していなかったハズ。

しかしいわゆる都市伝説並みの話で聞いた事のある可能性を考えて俺は確認してみるのだが、その結果はそんな与太話を遥かに上回るあり得ない答えであった。

『月、火星、その他太陽系に現存する全ての座標を想定し計算した結果、太陽系内観測可能な座標を確認できず。現在地は太陽系外である可能性大』

「………何言ってんのお前」

俺は思わず返事をしてくれるはずも無いモニターに向かってそんな事を言ってしま

う。

ドーン……ドーン……

「!?」

その時、不意に聞こえて来た断続的な衝撃音に最早戦場での条件反射とばかりに周囲の索敵を開始する。

音の発生源は遠くないようだが……半径百メートル……異常なし、半径二百……異常なし、半径二百五十………いた！

生い茂る森林の先にサーモグラフィーで浮かび上がったのは四つの巨大な人型だった。

俺はこの時点で四つとも人型機動兵器であるMJ《メタルジヤケット》であると断定した。

何故なら人型の二足歩行をする巨大な存在なんて、MJ以外はあり得ないのだから。

そして確認した四体は一対三で戦闘行為の最中であり、射撃兵器も近接装備も失っているのか原始的で単純な殴り合いをしている。

兵站《へいたん》の尽きた前線部隊がゲリラ戦を仕掛ける時には珍しくもない風景だが、この時俺はそんな事よりも気になる事があった。

「MJの識別に該当なし……新型なのか？」

索敵でここまで解析できるのなら、アレが味方であれ敵であれ識別は出来るハズ。

たとえ新型であっても〝どのMJの派生〟などの予測ぐらいは出来ると思うのだが。

いずれにしてもこのままでは戦闘中のどちらが味方であるのか、もしくは仲間割れをしただけでどちらも敵であるのかの判断も出来ない。

俺は結局古の諺《ことわざ》『百聞は一見に如かず』を実践するしかないと判断し、ラマテラスの分離機能を作動、操縦席をホバークラフトに変形させてハンドルを握った。

ラマテラスで向かった結果、敵にロックオンされないとも限らんし……。

「悪いな、留守番頼むぜモコモコ」

俺は機能停止したままの愛犬に一言告げて、ホバークラフトを走らせ始める。

このホバークラフト、何も無い平地を直進なら二百キロは出る代物ではあるが如何せんあまりにエネルギーの容量は少なく連続稼働時間はせいぜい一～二時間と短い。

ふかし過ぎるとすぐにエネルギー切れになるし、何しろ森林でスピードを出し過ぎれば木に激突するのは確実だからな。

俺は出してもせいぜい三十キロくらいを目安に木々の間を縫うように進んで反応のあった地点へと近づいて行く。

しかし暗闇の中流れて行く森林の景色の中にいくつもの違和感があった。

あらゆるモノが既存の植物とも昆虫とも該当しない形状をしているのだった。

中でも気のせいだと思いたくなったのが、何かの小動物を枝を伸ばした木が捕食したように見えた時だ。

そんな植物、地球上にはどこにも存在しないのは明らかな事で、俺の目がおかしくなったか気のせいだと思い込もうとしたのだ。

しかしそんな自助努力も虚しく、戦闘の音源である四体の巨大な人型を見た瞬間、俺の目も世界もおかしいワケではなかった事が、残念ながら証明されてしまった。

「…………ナンダ、アレ？」

逃げ惑っていたのはＭＪと呼ぶには程遠い、しいて言うならばメカニックたちが運搬や作業に使う人型重機に似たロボットだった。

座って操縦するのではなく、服を着るように人間が重機をまとっている……人間の手足を延長するように腕部と脚部が備わっており、人間の動きをそのままトレースするようだ。

しかしながら操縦者を守る装甲はほとんど無く、生身がむき出しでスカスカの状態。

そんな重機を武器に焦った表情で奮戦しているのは銀髪褐色の美しい女性であった。

しかし気になったのはそこではない。

それは、スカスカの重機で相手にしている敵の方が、どう見ても機械には見えない生身の肉体を持った生物にしか見えない事であった。

それが象だの百歩譲って恐竜だのであるなら、まだ自分を納得させる事も出来たかもしれないが……そいつの見た目は俺の常軌を逸していた。

ガン、ガン、ガン！

「「「グルオオオオオオオオ‼」」」

「くう……この化け物め‼」

大木をこん棒のように振り回して叩きつける人型の巨人、そいつは身の丈十メートルはある巨大さで、常識が邪魔して認めがたいのだがガキの頃に呼んでもらった絵本の空想上の怪物にしか見えなかったのだ。

「………トロル？」

そんなのが現実にいるワケが無いのだが、現実に俺の前に三体もいるという受け入れがたい事実。

しかしコンピューターがはじき出した検索結果と目の前の光景の結論を考えれば、一番しっくりくる結論は一つしか無かった。

「俺は世界ごと違う場所に来ちまった……ってのか？」

この時ほど人生で切実に突っ込みを希望した時は無かったかもしれない。

誰か〝そんなワケねーだろ〟と引っぱたいてくれないものかと……。

だが無情にも現実逃避したい俺を正気に戻してくれたのは否定したい目の前の空想上の化け物であった。

「ゴアアアアアア‼」

「くう…………おのれ！」

三体の化け物による猛攻は激しさを増し、遂には人型重機は姿勢を維持する事が出来ずに崩れ落ち、女性は苦悶《くもん》の表情で何とか腕だけで棍棒《こんぼう》を防ごうとするが腕が砕かれるのも時間の問題だろう。

このままでは命が危ない……そう思った瞬間、俺は彼女が敵か味方かの判断は二の次に腰から対人用電磁ブラスターを抜いていた。

「こっちだ化け物ども‼」

「「「が⁉」」」

三発の電磁の光がそれぞれ怪物の顔面にヒットして〝バチッ〟という音を立てる。

しかし人間であれば一撃で弾丸並みに風穴を開けるハズのブラスターを喰らった化け物共はまるで〝石でもぶつけられた〟とでも言うように手で押さえたのみで……ヒットしたはずの箇所は無傷であった。

「あ～これはヤバいな。生身かもしれないけど防御力はＭＪクラスとか言わねぇだろうな……火力不足も良いところじゃねぇか」

「「「ゴガアアアアアアアア!!」」」

それはさながら楽しみを邪魔されたとでも言うような怒りの咆哮《ほうこう》。

あんなのに捕まったら最後、俺はさっきの重機で戦っていた女性よりも遥《はる》かに簡単に潰《つぶ》されてしまう事だろう。

だけどそんな死の予感とは別に、怒らせて気を逸らせた事にほくそ笑み……俺はホバークラフトを反転させる。

「よ～っしゃ、追ってこい化け物共!!」

どうやらあまり知能は高くないらしく、仕留める寸前だった人型重機を放り出して三体のトロルは狙い通りに俺の方に怒り心頭で向かって来た。

見つかったからには最早遠慮して下の道を走る必要なし、俺は遠慮なくホバークラフトを森林よりも高く飛び上がらせて一気に加速する。

「「「ガアアアアアアア!!」」」

そんな俺をトロル共はバキバキと木々をなぎ倒しながらお構いなしに直進して追いかけて来る。

なんつーパワーだ……瞬間的なパワーだけなら量産型ＭＪより遥かに上なのかも。

だけどそんな木々も足止めにはなってくれているし、何よりもヤツ等のガタイはデカいがその分歩みは遅い。

俺はヤツ等に見失わせないギリギリの距離を保ったまま分離したラマテラスへと帰還しそのまま再びホバークラフトを操縦席に連結。

そして機体の再起動が丁度完了したところで三体のトロルは木々をなぎ倒して、座り込んだ姿勢のままのラマテラスの前へと姿を現した。

「「「？？？」」」

連中にしてみればお楽しみを邪魔した人間を追いかけているだけのつもりだったのに、その先にいたのが金属で出来た巨人という感じで困惑しているようだ。

しかしその困惑も束の間の事、ヤツ等にとって不測の事態への対応はとにかく叩《たた》いてみてからという思考なのか、一体のトロルがおもむろに棍棒を振り上げたのだった。

まあ、先手必勝という考えも戦場では間違ってはいない。

奇襲なども同様に速攻で敵対勢力を沈黙させる為には有効な戦法なのは認める。

ただし、それが通用するのは相手が未熟者の場合のみ……だが。

愚策であった事をようやくヤツ等が理解したその時には、既に振り下ろした棍棒ごとトロルの右腕は宙を舞っていた。

ラマテラスによって振るわれた『カタナ』の高熱の刃によって。

「ゴ!? ギャオオオオオオオ!!」

「「ガ……ガ!?」」

そして全身の紅のラインとメインカメラを光らせ、ゆっくりと立ち上がるラマテラスの姿を目にして腕の痛みに叫ぶヤツ以外は一気に恐怖の表情を浮かべて下がった。

……その行動は正しい。

自然界において恐怖するという感覚は本来生物が持っていなくてはいけない防衛本能だ。

しかし戦場では、とりわけ殺し合いの場ではその一瞬の恐怖が命取りになる。

「この世界がどこで、お前らがどんな生き物なのかは知らないけど……命のやり取りには万国どころか万世界で共通の認識があるのは、さっきのお前らの態度から理解できた」

「「「ヒギャ!? ギャギャギャギャアアアアア」」」

一気に自分たちが狩る側ではなく狩られる側になった事を理解したトロルたちは、慌てて来た道を引き返そうとするが、残念だがもう遅い。

ラマテラスのASライフルの照準はすでに三体の頭部へピタリと合っている。

「弱肉強食……人も自然もこの理からは時間をかけても世界が変わっても変わる事はない

んだろうな……本当に、残念ながら」

「「「ボ……」」」

放たれた一条の光は、闇夜に閉ざされた森林に一瞬日中と変わらない程の明るさと熱をもたらし、あっけなくトロルたちの上半身、そしてその後ろの森林までをも一直線に貫く。

残った下半身は黒煙を上げたまま地面へと倒れ伏した。

目の前の死骸《しがい》に辟易《へきえき》しつつ、一応助けた形になった人型重機をモニターで確認してみると、操縦者の女性が重機から降りてＡＳライフルで直線状に出来た道からこっちに向かっているのが分かった。

怪物に襲われる人間って感じで咄嗟《とっさ》に助けてしまったが、敵か味方かも分からん状況で不用意な接触はしたくない。

おまけにモニターに別の、おそらく女性の仲間と思しき人型重機が十体ほど近寄ってきているのも確認する。

「こりゃ長居は無用だな」

速やかに退避、俺はそう判断してラマテラスを飛行形態へ変形させる。

ラマテラスの背部に八芒星《はちぼうせい》状にマウントされていた八基の端末がそれぞれ分離するとそれぞれ四基ずつ片翼を形作り、一対の翼を作り上げる。

そっちの機能が生きていて助かったぜ。

垂直離陸する際に驚愕《きょうがく》の表情でラマテラスを見上げる女性が見えたが、その表情はまるで飛行機など見た事も無い新種の怪物を目にしたようなものであった。

＊

「な……なんなのだ？　あの金属の魔物は……新種の魔族か何かなのか？」

窮地に陥り死すら予感していた女性は、バサラが人型重機と称した機体から離れて慌てて追いかけたのだが、目にしたのはアレ程自分を苦戦させたトロル共の無残な姿と、その場から轟音《ごうおん》と共に飛び立つ白く巨大な金属の鳥。

その鳥は輝く翼を更に強く光らせると、そのまま目にもとまらぬスピードで夜空の闇へと消え去ってしまったのだ。

それはまるで、命を救い名も告げずに立ち去る英雄のように。

人知れず邪悪な存在に断罪を下した神の遣いかのように……。

「姫様あああ！　ご無事ですかあああ!!　近衛魔導機兵団副長にしてナディラ姫様が忠臣ガイアスがただいま参りましたぞおおお!!」

呆然《ぼうぜん》と夜空を見上げていた女性に慌てた様子で近寄って来る人型重機の群れ。

先頭で群れを率いる男の叫びに女性はハッとし、呆気《あっけ》に取られていた表情を引き締める。

呼ばれた肩書である姫に相応《ふさわ》しい凛《りん》とした表情に……。

「ガイアス……スマン、心配をかけたな」

「姫様をお守りする立場にありながら魔族の襲撃で肝心の姫様と分断されてしまうとは、このガイアス一生の不覚…………むむ!?」

ガイアスと呼ばれた男は人型重機に乗ったまま周囲を見渡して、同様に三体の死骸を目にして驚愕の表情を浮かべる。

「こ、これは魔族？　しかもトロルタイプが三体も!?　まさか姫様が!?」

「バカを申すでない。私にそれ程までの力があるならお前たちにこれほどの苦労を強いる事も無かったであろう。魔導機兵に騎乗しても手も足も出なんだというのに……」

「で……では、一体何者がこのような……」

「詳しい事は分からん……私が目撃したのは一撃でトロル三体を貫いた一条の光を放つ白き巨人のみ」

「白き……巨人？」

ガイアスを始めとした兵たちは再び倒れ伏して黒煙を上げるトロルの下半身と、一直線に貫かれ焦げ跡を残す森林の異様な光景に青くなる。

自然現象ではありえない、しかし人為的であるとも信じたくない……そんな感じに。

恐怖に慄く兵たちの気持ちは痛い程分かるのだが姫様と呼ばれた女性、王女ナディラは気を取り直して指示を出す。

「ガイアス、至急調査を開始するように。この事態を引き起こした正体不明の『白き巨人』の情報は無論最優先であるが、それ以前に突如出現した魔族の事も忘れてはならん。念の為に王国上層部、国王への報告は致すがどうせ大した調査も望めんだろうからの」

「は！　了解であります。希少種であるハズの魔族が三体国内に出現したのは由々しき事態、必ず何か原因が潜んでいるハズですからな」

「本当に……この程度の危機感を父上も兄上たちも持ってくれていれば……」

「は……はは……」

思わず漏れるナディラの愚痴にガイアスは立場的に同意も肯定もすることが出来ずに苦笑をするのみだった。

自分自身も王族という身分であるナディラも部下たちが同じような目線で愚痴や文句を言えないのは分かってはいる。

ガイアスたちの忠誠はありがたいと心から想ってはいるものの、それでも本音を言い合えるような友人には決してなる事は無い。

せめて同世代であったなら少しは違ったのかもしれないのだが……ナディラはそんな小さな我儘《わがまま》を胸に静かにため息を吐いた。

『せめて内緒で悪口を言い合うくらいは良いと思うんだがなぁ……』

*

太陽が東から昇って朝が訪れる。

そんな当たり前のハズの事なのに今の俺には途方もなく尊く美しい事に思えてしまう。

……正直こんなに自分が感傷的だった覚えもないのだが、そう思えてしまうくらいに今の俺は情緒不安定なのだろう。

せめて少しでも今までの常識を取り戻したい……そんな一心で俺は今、コックピット内で動かなくなった犬型ロボットを修理している。

豆柴《まめしば》型で唐草模様の風呂敷《ふろしき》を背負った姿は、こいつを制作した親友の趣味である。

まあ可愛いモノ好きと言うよりも当時熱を上げていた女子の影響だったようだけど。

……どうやら衝撃で配線が切れただけのようだ。

部品が必要ならどうしようかと思っていたが。

「うし……だったらここを繋《つな》げば……」

ヴン……チチチチ………

「ピピピ………バ……サ……ラ………バサラ？」

切れた配線を繋ぎ合わせて再起動した瞬間に、暗い豆柴の瞳《ひとみ》に光が灯りいつものように俺の名前を口にする。

不思議そうに小首を傾げる仕草もいつも通りで……そんな相棒が復活した事が何よりも嬉《うれ》しかった。

「え……ええ？　バサラ……？」

「オウ、おはようモコモコ。そんなに時間は経ってないと思うけど、久しぶりだな」

最初はぎこちない動きだったが、段々と本物の豆柴と思えるほど滑らかな動きを取り戻して来て、最後にブルブルと全身を震わせて、不思議そうに俺を見上げた。

「……え？　何？　何で無事なの僕たち」

「ま、そう思うよな～。俺だって〝あの爆発〟で生き残っているのが未だに納得いってないんだからよ」

「？？？」

俺の言葉でますます理解不能になったのか、モコモコは俺の膝《ひざ》の上からピョイっと何時もの定位置へと飛び移ると、その場で伏せをした。

こんな愛らしいナリではあるがコイツもれっきとしたロボットであり、数々の戦場を共の潜り抜けて来た戦士。

ゆえにラマテラスのシステムから情報を得る事は造作も無い事で、要するに今コイツは昨日からの調査情報を全て自分にインストールしているのだ。

そして数分のダウンロードが終わった瞬間、モコモコは興奮した様子で振り返った。

「マジで⁉　じゃあここって異世界？　異世界って事じゃん！　少年の憧《あこが》れ、チートハーレム妄想の行きつく最終地点異世界‼　凄《すご》いよバサラ！　もしかして魔王を退治する勇者とか、婚約破棄の悪役令嬢とかもいるのかな⁉」

「何で嬉しそうなんだよ。おまけに異世界に対するイメージがやたらと片寄ってね～か？」

昨日からあらゆる常識の相違に悩まされている俺と違ってテンション高めのモコモコ。

「何言ってんの、バサラだって早速ピンチの女の子を助けるだなんてテンプレかましてるみたいじゃん？　褐色肌のアスリートタイプはドストライクじゃないの」

「ホッとけよ、別にそういう意図で助けたワケじゃねぇ」

モコモコは昨夜のデータもしっかりダウンロードしたようで、俺がしっかり覚えていない女性の外見的特徴まで言葉にする。

正直今となってはあの女性を助けた事自体が正しかったのか分からない。

戦場で助けた者が敵国のスパイで、その結果祖国に多大なる損害をもたらしたなどの話はゴロゴロあるのだからな。

ここが違う世界であったとしても、昨夜の行動の成否は分からないのだ。

まあ今となるとあの女性……かなりの美人だったとは思うが。

「インストールしたなら分かるだろ？　お察しの通り昨晩なんかトロルっぽい化け物を殺した後に飛行形態でこの地を探れるだけ高度から探ってみたが、今んとこ地球でも太陽系でもないって事しか分かってねーのさ」

「大気、気候、地形……走査した結果も地球とさほど変わらないみたいだけど、分かりやすく人の手が入っていない土地が目立つね。ポツポツと集落や国もあるようだけど大半は森林、舗装された道も無けりゃ線路も無い。当然列車もバスも無いから移動手段は馬車が主流っぽいね。自然破壊が常態化してた地球に見習ってほしいとこだけど、俄然《がぜん》ここが剣と魔法の世界じゃないかって気になってくるね！」

昨晩見たのはガワだけであり、しかも夜だったから人の営みも何も知る事は出来ていない。だからこそモコモコの言っている事が正しいとか間違っているとか判断は出来ない。

「……ってか何だよ魔法って。見た事のない化け物がいたのは確かだがよ、そんな非科学的な事を科学の産物であるお前が言うのもどうなんだよ？」

バカバカしい、そんな思いでモコモコの言葉を一笑に付してやるのだが、当のモコモコは何も気負う様子も無い、いつもと変わらない顔のまま小首を傾げた。

「いや、バサラも昨日見たでしょ？　褐色美人の乗った何かメカニックたちの重機メカみたいなヤツ。あれ、よく分かんないけど動力炉なんてどこにも無かったみたいだよ？」

「………は？」

「分かりやすくエンジンなんかどこにも無かったって言ってんの。まるでフォークリフトとかの重機をそのまま着たみたいな、目測でも片手だけで百キロから二百キロは無ければおかしい構造なのにさ」

「そんなバカな⁉　どんなに軽い金属だったとしてもあの大きさを筋力だけで⁉　どんなにマッチョだったとしても人間の力でそんな事……」

「うん、だからこそあの人型重機っぽいのもファンタジー世界の魔法でもない限り動かすのは不可能なんだよね～」

「………」

科学的にあり得ないという俺の想いを、科学的な見地からいともアッサリと論破してしまう豆柴……科学的に忠実で現実的なコイツだからこそ、未知の技術である事を受け入れているのが何とも癪《しゃく》である。

何とも言えずに項垂《うなだ》れる俺の頭をモコモコはてしてしと前足で叩《たた》く……一応は慰めてくれているのだろうか？

「まあまあ、僕たちはラスボス倒して死ぬはずだった文字通りの死に損ないじゃん。この際見知らぬ世界で前とは全く違う常識の中でやり直すのもアリでしょ？」

『復讐《ふくしゅう》はもう終わったんだから……』

決してモコモコがそんな事を言ったワケではないのは分かっているが、そんな意図を含めているような気がした。

復讐……あの日を境にそれのみを目標に何十何百の戦場を渡って来たのか。

敵も味方も、最早数える事も出来ないくらいに殺し殺されて……今更人として生きる事も許されない自分だけが何で未だに生きているのか。

それも罪の片棒を担がせてきた愛機ラマテラスも一緒に……。

仲間たちが命がけで俺を最後の場所まで送り出してくれたというのに、決着がついた今、俺のような罪人が新たな世界で生き直すとか……一体どんな贅沢《ぜいたく》だよ。

「やり直す、か……俺の人生は復讐と一緒に終わるつもりだったんだがなぁ」

Chapter 2 ▶▶▶

二章　出会いと別れは突然に

数日後俺は鬱蒼《うっそう》と茂る森林の中、数メートル先をゴーグル越しに見て、サーモグラフィ画像で生物の反応が五つあるのを確認していた。

こん棒か何か武器を手にした人型の、しかし大きさだけなら子供くらいなのだが人間にしては妙に耳や頭が尖《とが》っていて、インカムから聞こえる特徴的な声も「ギ、ギ、ギ」と特徴的で人間では出せない類のモノ。

「ゴブリン……ってヤツだな」

「ＲＰＧの初期モンスターの定番ってヤツだね。やっぱ最初のレベル上げはゴブリンかスライムだよな」

数日前の俺だったら鼻で笑っていたであろうが、今はモコモコの言葉を一笑にふす事は難しい……何しろ現実に、目の前にいるのだからな。

俺は極力冷静に数十メートルは先の、その熱源に対して〝木の幹ごと〟狙いを定め……

引き金を引いた。

ピシ……

そして実弾に比べれば派手な音はせずに発射された極細のレーザーは木の幹を余裕で貫通すると、狙い通りに一体のゴブリンの頭部を貫いた。

「……ギ？　ギギ……ギ……」

「ギ？　ギギギ……ギ？」

そしてその外傷はペン先にも満たない小さな穴でしかなく、レーザーに焼かれ傷口から出血すら確認できない事で、周囲のゴブリンたちもこの瞬間に攻撃を受けたとは認識できなかったらしい。

そもそもこの距離ではさすがに連中の自慢の鼻も人間《おれ》の匂いを嗅《か》ぎ取る事は出来ないだろう……こっちが風下でもあるし。

しかし続けざまに二体目、三体目と片付けて行けばさすがに攻撃を受けている事に気が付き始めたようで、残りのゴブリンが慌てふためきはじめる。

そして四体目を仕留めたところで最後のゴブリンが、敵の感知も出来ていないのにおもむろに杖《つえ》を振るい、虚空に新たな熱源を発生させた。

「チッ……あれだけはどうしても理解できねぇな。魔法ってヤツの理屈は」

「ぎゃぎゃぎゃぎゃ⁉」

そして発生した熱源、火の玉を四方八方に乱射し始める。

ゴブリンの中でも魔法を使える種をメイジゴブリンと言うらしいが、俺には攻撃を始めてくれないと判別など出来ようも無い。

無いのだが、こういう風に敵に翻弄《ほんろう》され恐怖で錯乱して武器を乱射する辺り、ゴブリンだろうが人間だろうが、そして異世界だろうが生物の根幹というモノは変わらないのだろうか？

「ま、殺っちまえばナニゴブリンであっても同じか」

明後日《あさって》の方向に飛び交う火の玉に構わず、最後の一体に向けて引き金を引いたところで
「ギャ……」

件のゴブリンも他の仲間と同様に倒れ伏した。

討伐完了……そう判断して先日手に入れた『冒険者カード』なるモノに目を落とすと、そこにはしっかりと〝メイジゴブリン一体、ホブゴブリン四体討伐〟という記述が現れていた。

冒険者として狩った魔物の数を知る為の手段とは聞いていたけど……未だに慣れない。

一体どんな技術があればカウントする者も無しにキルカウントが自動で出来るというの

か、しかも倒した種類まで判別して。

「クソ……魔法とか魔物とか、科学出身の俺には合わねーよ。頭が拒否しちまう」

「難しく考えるからだよバサラ、もう〝こういうもんだ〟って開き直ればいいじゃん」

「だから……何でロボットのお前の方が受け入れが早いんだよ？」

いい加減自分でもこんな場所であろうと慣れなきゃいけないのは頭では分かっているのだが、どうしても前の場所との常識とはかけ離れ過ぎていて納得が出来ない。

ましてや俺は未だに〝前の世界〟の技術に依存している状況だ。

〝こっちの世界〟では自分こそがイレギュラーなのは分かり切っているのに、いちいち理解できない現象に戸惑っているのだった。

あれから適当に飛行を繰り返し、ラマテラスを森林に隠しつつ入り込む事が出来そうな都合の良い町を見つけたのだ。

そこは幸か不幸かしっかりと金銭でのやり取りが行われる文明はあったが、当然ながら手持ちの前の世界の通貨が通用するワケも無く、何でも良いから金銭を手にする為に仕事をする事が急務となった。

で、コネや資格が無くても出来る仕事は何かと思えば、モコモコは『そこは冒険者しかないでしょ！』などと宣ったのだ。

正直、最初は〝なんだよ冒険者って〟と心の中で突っ込んでしまったのだが、その町『フラメア』の中に本当に冒険者ギルドなる建物を見つけた時にはどや顔をするモコモコを前に地面に突っ伏してしまったものだ。

部隊の戦友がよく遊んでいたＲＰＧにそんな冒険者なる業種が確実にあって、大体は主人公がその立場から勇者に～というのがお決まりの流れだった。

ゲームであればゲームを進行する為の一種の記号なのだと割り切っていた事だが、現実問題そんな業種を目の当たりにすると、魔法だの魔物だのと同じような割り切れなさを覚えたものだ。

ただまあ……この世界で言うところの冒険者に関しては自分でも消化出来た気がする。

冒険者というのは言うなれば民衆が立ち上げた何でも屋のようなモノ、必要な物を代わりに持ってきてもらうだの、被害を出す魔物を退治してもらうだの、魔物が蔓延《はびこ》る危険な世界で自分では出来ない事をやって貰《もら》おうというヤツだ。

だから余所者だろうと犯罪者だろうと何だろうと、登録する事自体は出来るが、仕事は命を懸《か》けた過酷なモノが多く、その上で自己責任だから命の値段もすこぶる安い。

ギルドは仕事を斡旋《あっせん》するだけの場所であり、保証をしてくれる事は無いのだ。

「その辺はどの世界の戦場でも変わりないって事か」

俺はカードを懐にしまい込み、ホバークラフトを反転させて件の町『フラメア』に向かって進路を取る。

日が落ちる前にはギルドに戻らないと本日の稼ぎが受け取れないからな。

だがアクセルを全開にしようとした矢先、モコモコが不穏な事を言い始めた。

「あれ？　ちょっと待って、何か突然生体反応が……あれ？」

「何だよ、ゴブリンの残党でもいたのか？　いるならそっちも始末しないと完遂って事にはならないのか？」

「いや、それならそれで良いけど……何これ？　ゴブリンじゃない魔物の反応も？　しかもこっちに寄ってきている⁇」

「……え？」

索敵の目的でモコモコにはここいら一帯を上空からのマップで監視して貰っていたが、そのモコモコの言葉に慌てて俺はサーモグラフィ以外、音声電磁波諸々を含めた索敵機能を展開して周辺を確認する。

するとバイザー越しには鬱蒼と茂る木々も関係なく対象を映し出してくれるのだが、最短距離十メートルかそこらに、明らかにゴブリンよりも巨大な生物が団体で向かって来ているのが見えた。

「何だよアレは……明らかにこっちに向かってきてるじゃねぇか。まさかあのゴブリン共のお仲間って言うんじゃねぇだろうな。それこそＲＰＧじゃあるまいし、同族じゃない魔物が何で……」

「う～ん、似てるようで違うかな？　ワケも分からずに殺されたメイジゴブリン辺りが腹いせに〝この辺に餌がいるぞ！〟みたいな魔法でも使ったのかな？　同族とか関係なしに森の魔物をけしかける目的で」

あっけらかんとそんな事を言いやがるモコモコだが、俺は正直落ち着いてはいられない。何しろ最短で寄ってきていた魔物の全長は軽く二～三メートルはあるというのに、既に肉眼で暗闇の向こうに紅い二つの瞳《ひとみ》が見えてしまったのだから。

しかも寄ってきている魔物はそれだけじゃない……種類の違うヤツが後から後から湧いて来るし、その数は軽く見積もっても百は超える。

ここは森の中でもワリと町に近い浅いところ、こんな状況を放置したらどこまで被害が広がるか分からない。

「チッ……どうやら冒険者気取ってる場合じゃねぇ。モコモコ、ラマテラス緊急発進《スクランブル》だ」

「もう呼んでるよ相棒！」

「グルルルル……」

そんなやり取りをしている間に、魔物は唸《うな》り声が聞こえる距離にまで近寄っていた。

そのシルエットは熊に近いが地球のモノとは明らかに違う赤い瞳に額に角、更に前足が重機……というか巨大なカニの爪のようになっていて、完全に俺の事を発見したようで近くの樹木に軽く爪を振るうと〝ボコッ〟と鈍い音を立てて結構な太さなのにへし折ってしまう。

威嚇のつもりか……勘弁してくれよ異世界。

しかし明らかに餌を見つけたという顔をしたカニ爪の熊であったが、次の瞬間突然上空から聞こえた爆音に気を取られて上空へと視線を移す。

現れたのは巨大な金属製の飛行物体、白い鳥の如き飛行特化『バード形態』のラマテラス。

「来たか！」

「ラマテラス変形シーケンス、白兵戦モードへ！　次いで背部接合部解放、コックピットドッキングシーケンスへ移行！」

モコモコから指示を受けたラマテラスはホバリング状態のまま『バード形態』から白兵戦特化の『人型形態』へと変形。

特徴的な巨翼を形作っていた八基のＡＳリアクター『ヤタガラス』が八基に割れたかと

思うと今度は八芒星状《はちぼうせい》に合体し背部に装着された。

白い全身に赤色のラインを輝かせ、太陽神アマテラスをイメージされた姿へと変わって行く。

そして八芒星状にマウントされた背部の『ヤタガラス』が上部へと持ち上がると、操縦席への接合部が口を開いた。

俺はホバークラフトをそこに向けて急発進、そのままラマテラスに突っ込ませた。

『ラマテラス、コックピットドッキング完了。白兵戦マニュアルモードに移行します』

ガシャンとしっかりドッキングが完了した金属音の後、システムの機械音声が響く。

そして一瞬暗闇に包まれていたコックピット内が三百六十度モニターの起動によって周囲の詳細な映像が見え始める。

変形、ドッキングを済ませたラマテラスが降り立った地上には未だ茫然《ぼうぜん》と眺めるカニ爪の熊が数匹……しばらくすると我を取り戻したかのように連中はラマテラスの足元に殺到、そのまま自慢の爪を装甲に叩《たた》きつけ始めた。

「「「グガアアアア!?」」」

しかし一撃を加えた熊たちはこっちの装甲に傷一つ付けることなく、逆に叩きつけた自慢のカニ爪にヒビが入ってしまったのか腕を押さえて痛がり始める。

無理も無い、ロケット砲の一撃すら跳ね返すラマテラスの装甲なのだ、その程度の攻撃ではビクともしない。

「悪いがこれも仕事、実力を見誤るというのは戦場では死を意味する。そこは野生の世界も同じ事、よくご存じだろう？」

「ギャゴ!?」

俺はそのまま足元に群がった恐らく一体二百キロは下らないカニ爪熊たちを纏《まと》めて蹴《け》り飛ばし、木々の向こうから現れ出していた他の魔物たちの方へと吹っ飛ばす。

そして吹っ飛ばした方向へ向かってAS《アーティフィシャル・サン》ライフルの熱線を発射。

熊たち以外にも集まり始めていたオオカミや猿に似た魔物たちも全ていっぺんに高熱により蒸発させる。

……これで恐らく数十体の魔物を仕留めたとは思うのだが、レーダー上の生体反応は未だ俺に向かって集まるのを止めようとしない。

普通の動物であるなら勝ち目のない強者というだけで逃げに徹するモノだろうに。

ASライフルの燃焼により見通しの良くなった森林の向こうから次に現れたのはゴブリンやカマキリにも似た昆虫たちの無数の群れ。

一様にまるで凶暴化でもしたように血走った目でこっちに向かって襲い掛かって来る。

その様はまるで怒り狂っているような、自分の身よりも敵を殺す事しか考える事が出来なくなっているような異常さだった。

「チッ、逃げないのか？　ならこっちとしても対処するしか無くなるぜ？」

バラララララララ…………。

「「「「べべべ、べべべべ⁉」」」」

襲い来る無数の魔物たち、生身で相手していたら対処のしようも無かっただろうが……俺は両腕に備え付けられたビームバルカン砲を構え、襲い来る魔物どもへ向けて乱射開始。破れかぶれの特攻にしか見えないゴブリンや昆虫たちは秒速で連射されるバルカン砲によってハチの巣、いやミンチとなって辺りにバラまかれていく。

どれだけ射撃を続けても弾切れになる事はない。

何故ならラマテラスには無尽蔵のエネルギーを生む永久機関、人工太陽炉ＡＳエンジンが搭載されているのだから。

科学の粋を結集させたラマテラスの根幹であり、他の兵器と一線を画する正に反則とも言うべき大きな特徴だった。

「バサラ、後方からも……」

「取り囲んで攻撃……重火器を持たない敵ならそれも有効だろうけど！」

背後から襲い掛かろうとしていたモノもいたようだが、こっちはレーダーで見ているのだ、死角など出来るハズも無い。

両腕を左右に伸ばしてその場で回るようにバルカン砲を掃射するだけで、ミンチの数はただただ増えていく。

この程度の連射であれば、たとえ小一時間続けても弾切れになる事は無い。

そして粗方始末出来たかと思った時、今度は木々をなぎ倒しながら現れたのはまるで岩石で出来た五体の岩の巨人だった。

ラマテラスとタメを張る大きさがあるのだから十五、六メートルは余裕でありそうだが。

「うお⁉　何だコイツ、ＭＪ《メタルジャケット》じゃねーよな？」

「バサラ、あれはゴーレムだよ多分！　ストーンゴーレムってヤツじゃない？　魔力だか人魂だかで動いてるとかいうＲＰＧの定番の！」

何でか嬉《うれ》しそうにそんな事を宣うモコモコであるが、俺としては内容はともかく岩石が攻撃をしてくるという状況というだけで安心はできない。

巨体のワリには意外と素早い動きで岩石の拳《こぶし》を振り下ろしてくるゴーレムの一撃を、俺はラマテラスの機動力を生かしバックステップでかわす。

そして同時に脚部に外付けされたＡＳ近接戦武装『カタナ』を引き抜くと、スラスター

の噴射で今度はゴーレムに一瞬で肉迫する。

「たとえ岩石でもマグマよりも熱い温度なら斬れるはずだよな！」

「「「⁉」」」

ＡＳシステムのエネルギーで高熱を発する『カタナ』の温度は一万度、反応の遅れたゴーレムはそのまま為すすべなく三体同時に真っ二つになり、そのまま崩れ去って行く。

更にもう一体のゴーレムの頭部に左腕のシールドを叩きつけ頭部を破壊すると、最後の一体が慌てた様子で背中から翼を……いや全体的に形状を変化させて鳥のような姿になると、そのまま上空へと飛び上がったのだ。

「え？　まさか逃げた？　岩のクセに恐怖の感情とかあるもんなのか？」

「さあ～？　僕に聞かれても分かんないよ、所詮《しょせん》ゲームの知識しか持ってないんだから。ただもしもアレが他の魔物と同じような感覚を持っているなら逃がすのはマズイよね」

ゴーレムの感情論はさておき、モコモコの言い分はもっともだ。

手負いの虎は最も危険という言葉があるように、野生動物は命の危機に瀕《ひん》した時こそ危険なのだから……命の危機に逃げ出した魔物は確実に仕留めるべきだ。

俺はそのままラマテラスをジャンプさせて、ホバリング状態から『ヤタガラス』を翼に組み替え『人型形態』から『バード形態』となり急発進させる。

鳥の姿になったゴーレムはそのまま上空で滑空して逃れるつもりだったようだが、そのまま高速で追いかけられ、そして追い抜かれるとは思ってもいなかったのだろう。

「残念だが、こっちも仕事ってヤツでな……」

上空で追い越し急反転、そのまま再び『バード形態』から『人型形態』に急速変形したラマテラスに銃口を突き付けられたゴーレムの表情は驚愕《きょうがく》に染まっていた……気がした。

＊

「お、新入り。もう依頼は終わったのか？　あそこのゴブリンは結構神出鬼没で厄介だって報告だったが」

「ああ、確認してくれ……依頼の魔物は多分四体はホブで一体はメイジだと思ったが」

「ホブゴブリン四体にメイジゴブリンだと⁉　こんな町の近くに何で上位種が。だがメイジがいるなら今まで手こずっていたのも納得か……」

「そんなに厄介な魔物なのか？　ソレ」

「厄介なんてもんじゃね～よ！　ホブゴブリンはゴブリンの進化で、ゴブリンに比べると遥《はる》かに武器の扱いや集団戦に特化しやがるし、メイジはある程度の魔法を使うのは勿論《もちろん》だが最も厄介なのはその知恵の方だ。集団戦が出来るホブゴブリンに悪知恵の働くメイジがリーダーとなれば少数のグループでも厄介極まりない。それにメイジはそれ以上に厄介な特性があるからな」

「そいつはどんな特性なんだ？」

「いわゆるメイジの最後《さいご》っ屁《ぺ》って言われるヤツでよ……死の間際自分の命と引き換えに『凶化魔法』を使ってゴブリンに限らねぇ周辺の魔物どもを凶化状態にして仕返しをしようとするのさ。コイツは数分で効果が切れるけど凶化魔法の発動中は森の深い場所からも凶悪な魔物が集合して来て、この辺じゃ下手すると深部からキャンサーベアやらロックゴーレムなんかの凶悪な魔物が……」

そう言いつつ俺の提出したギルドカードを確認したガタイのいい髭《ひげ》親父はあからさまに目を丸くして驚く。

「キャ、キャンサーベアを十体にマッドウルフを二十八体？　それにロックゴーレム五体⁉　ゴブリンに限っちゃ百以上を……」

「あ～……そう言えば目的のヤツ倒したと思ったら大量の魔物が集まり出したんでな、やむを得ず」

「やむを得ずって⁉　お前ソロだろ⁉　ソロなのにこの数を一掃するとか一体どんな手を

使ったんだよ⁉」

髭親父の大声のせいで不必要な注目を浴びてしまう。

チクショウ、いくら非常事態だったからといってラマテラスで殲滅《せんめつ》はやり過ぎだったか。

あの魔物の凶化状態が数分で収まるとか先に知っていれば逃げに徹していたモノを。

俺は内心の焦りを隠しつつ、すました顔で腕組みをする。

「悪いが、そこは企業秘密だ」

「…………そうか、結果を出すなら追及するのは冒険者としては御法度だものな。悪い、ソロ活動にしてはあまりの成果にビビっちまった」

そう謝罪の言葉を口にした髭親父は、ギルドカードに記された討伐記録を元にジャラジャラと金を積み始める。

「え〜っと、当初の討伐完了の銀貨十枚に今回は上位種だった事で金貨三枚上乗せ、んでもってキャンサーベア、マッドウルフ、ロックゴーレム、ゴブリン、ビッグマンチス……しめて金貨百五十枚ってところか？」

銀貨二枚もあれば夕食を豪華に出来るくらいなのに、銀貨百枚分の金貨を百五十枚⁉

渡された金額に俺は少々驚いた。

「こんなに⁉」

『わ〜大金じゃん！』

遠隔でこちらをチェックしてくれているモコモコの驚いた声がバイザー越しに聞こえて来るが、髭親父は逆に呆《あき》れたような顔になった。

「こんなにって……本当に相場も難易度も知らねぇんだな。本来そんな数の討伐を正式依頼してたら千じゃきかねぇ。ただ今回はメイジの特性を理解しないで一人で潰《つぶ》しちまったからこれっぽっちになっちまう。本当なら一目散に逃げるのが正解なのによ」

「そ、そうか……」

「まあ次の機会にはもうちっと賢く立ち回る事だな！　そんな実力があるなら最初から高ランクの依頼を狙っていくとかな」

苦笑しつつ言うオッサンに、俺は少しだけ心が和む思いだった。

こんな法整備も出来ていない世界の素性も知れぬ無知な余所者に対して、ぼったくろうと思えば幾らでも出来るだろうにしっかりと正規の金額を渡して知識まで与えてくれるのだから。

「俺みたいなこの世界の知識のない流れ者には都合が良いがな……」

「へえ、メイジの最後っ屁に逃げず一人で狩っちまうなんて、やるじゃないか新入り」

「ん？」

そんな、何かを諦《あきら》めたような事を呟《つぶや》く俺に声をかけて来たのは、名前は知らないがこの冒険者ギルドで何度か目にした事がある冒険者パーティーのリーダー。

大剣を背負った見るからに戦士という雰囲気の筋骨隆々な男と褐色で露出の多い魔法使いっぽい女性にローブを纏《まと》った中年が一人のパーティーなのだが……。

「ね～え、そろそろ私らと一緒に仕事してみない？　何だったらこれから一緒に一杯……」

「そうそう、ソロでその実力なら是非とも親睦《しんぼく》を深めたいところだ！　勿論奢《もちろんおご》りで」

こうして何度か勧誘して来る事がある、女性の方は露骨に色仕掛け込みな雰囲気で。

確かにその女性は冒険者なだけあってただ露出が多いのではなく、程よく健康的な体でキツめの目つきはより扇情的ではあり、普通の男性なら誰でもコロッと行きそうな感じではあるのだか……。

「……すまないな。生憎《あいにく》俺は、もう誰かとつるむつもりはないんでね」

心情は別にしても俺が誰かと関わるという事はラマテラスの事情にも絡むことに繋《つな》がる。

あんな殺戮《さつりく》兵器が関わる事で他所《よそ》の世界にまで火種を持ち込みたくはないからな。

それだけ答えて、俺は振り返る事なくその場を後にする。

そんな、人によっては気を悪くしそうな態度なのに食い下がってくるワケでもないのだから、彼らは冒険者の中では礼儀正しい部類なのだろうと勝手に思いつつ。

「ちぇ～、腕立ちそうなのにな～」

「やめとけやめとけ、あれは全てを失った類の目だ。死神に憑りつかれているとまでは言わねぇが自暴自棄になっているのはまちがいない。いつ死んでも良いって終わった戦士の面だぜ」

背後から聞こえて来たのはカウンターの親父さんが窘《たしな》める声だった。

体つきからも元々そっちの出身なのかと思っていたが、どうやら予想通りのようだ。

非常に良く分かってらっしゃる……終わった奴《おれ》の心情を。

「むう、でもこういう時に男を慰めるのは酒か女って相場が決まってるじゃん？　折角可愛い顔してんだから、付け込めばモノに出来ると思ったのにな～」

「気が多い野郎ならてき面だがよ、あの新人は止めた方が良いぜ？　逆に逆鱗《げきりん》になりかねねぇからな」

それも正解……良い読みだ。

故郷を失ったあの日から、俺は新たなる出会いを何度も経験し、そしてそれ以上に新たな別れも経験してきた。

さっきみたいに気さくに話しかけて来たヤツも、それに心配してくれるような気のいいヤツも、打算もあって近寄るヤツだって……。

どんなヤツらでも二度目の再会が出来るのは極まれだった。

だと言うのに俺は生き残った、生き残ってしまったからには生きるしかない。

アイツらだって死にたくて死んだワケじゃないのだから、どんなにつらくても……生かされているのなら自害などもっての外だ。

それは分かっている……分かっているけど……。

＊

きっかけは人類が『軌道エレベーター』の開発に成功した事からだったのだろう。

地上からの物資の運搬が活発になり、人類の居住区の中に新たに宇宙という存在が作り出された。

その事によって元は世界各国が協力しての事業だったハズの新たなる天空の都市は一つの国家、『宇宙メガロポリス』として独立する事になり、自らの事を恥ずかしげもなく神の座より見下ろす民『神坐《かみざ》の民』と名乗った。

軌道上を移動出来る都市にとって地上に固定された各国など射的の的のようなものであ

り、最初は武力にて制圧を考えていた国々は悉《ことごと》く一方的な攻撃にさらされ徐々に疲弊して行く事になる。

無論この事態に地上の国家も対応しようとはしていたのだが、この期に及んでも人類は一致団結する事など出来ず、どの国が主導権を取るかなどと揉《も》めている間にも天からの攻撃は続き、逆に無能な国家など必要ないと地上でも宇宙メガロポリスに服従、属国となる事を望む民衆により暴動が発生する事に……そんな泥沼と化す地上を軌道上から『神坐の民』たちは高みの見物をしている始末なのであった。

そんな中『反神坐の民』を掲げた反乱軍が地球で立ち上がる。

『神坐の民』は威嚇を目的として空から地上を焼いていた。従わなければこうなるぞという見せしめである。

その標的は人口密集地や主要都市は避けつつ比較的被害の少ない場所を選別してはいたが、被害者にとってはたった一つの故郷。

たかが見せしめの為だけに故郷を焼かれた連中の激しい怒りにより結成された組織……言うなれば『神坐の民』だけでなく地球上の国家からも切り捨てられた者たちの集団だ。

故郷を、親を、子供を、家族を、友を、恋人を……理不尽に奪われた彼らに共通する信念はたった一つ、最も大事なモノを奪った元凶、神様気取りのクズ共を全て地獄の業火に叩《たた》き落とす事……そしてかくいう俺『バサラ・アカツキ』も反乱軍の一員だった。

突然故郷の農村を焼かれ全てを奪われた俺も同様に復讐《ふくしゅう》だけを生きる意味として、ヤツ等に同じように破滅を味わわせる為だけに。

そんな混沌《こんとん》とした戦場の中、俺のような田舎の整備士でしかなかった者が反乱軍においてエースと呼ばれるまでになったのは、とある『神坐の民』にとって重要になるはずだった機体を強奪する事に成功した事がきっかけだった。

人型機動兵器ＭＪ『ラマテラス』、それは人工太陽炉ＡＳエンジンを搭載した規格外の兵器であり、使い方次第で人を容易く殺める殺戮兵器だった。俺はその強大過ぎる力を守るための力として振るい、反乱軍の希望として戦い続けた。

血反吐を吐き血涙を流し、数えきれないほどの同志たちの命を犠牲に……俺たちは『宇宙メガロポリス』への強襲に成功。

多くの犠牲を払いながらも俺は『ラマテラス』と共に『宇宙メガロポリス』の中枢核まで到達したのだった。

しかしその時には既に武装はほぼ使い切り、ラマテラス自体も動くだけで精一杯……気密性など望むべくも無く動力核を破壊する為の方法は一つしか残されていなかった。

『バサラてめぇ、何考えてやがる⁉』

「お～お前もまだ生き残ってたか……ラッキーだったな！」

『バカヤロウ！　生き残りはお前の代名詞だろうが!!　早く機体を捨てて脱出を……』

「無茶言うなよ、脱出しようにも敵はまだゴロゴロ残ってやがるし、ここまで来るのに武器弾薬は使い切り、頼みのＳＣ《サンライト・カタストロフィー》は接続機構がやられて使用不能……このクソったれな空の神様に一撃喰らわすには、文字通り体を張るしかねぇんだから」

　この状況において明るい口調でそんな事を語る俺に、モニターの向こうで戦友が号泣、絶叫のような叫びをあげる。

『やめろ……やめるんだバサラ！　コイツの破壊に成功したからって、俺達の事を見殺しにした地上の連中はまた好き勝手に戦争を続けるに決まっている！　お前だけカッコよく死ぬなんて許さねぇぞ!?』

　自分の仲間たちの中でもヤツのような男が生き残ってくれるなら……本来なら戦争が最も似合わないコイツが生き残ってくれるというのなら……友人のそんな反応に俺はどこか安堵《あんど》を覚える。

「それじゃあ、後はよろしく頼むぜ！　みんなによろしくな!!」

『オイ!?　オイ、バサ……』

　そして通信を遮断した次の瞬間に俺はとびっきりに凶悪な笑みを浮かべて『宇宙メガロ

ポリス』の中枢……正確に言えば制御室で何やら罵声《ばせい》を上げている『神坐の民』の総帥を名乗る男へと俺はＭＪを向ける。

「よう、待たせたな神様。ようやく借りを返す時が来たようだぜ」

どれほどの力を持っていても、凶悪な兵器で今まで何億という人間を殺して来た神様を気取るクズであろうと……ヤツは人間。

真空の空間でガラス越しにどんなに怒鳴ろうと、声が聞こえるワケは無い。

俺だってそんな事は先刻承知、しかし言わずにはいられなかった。

「てめぇが下した宣戦布告……そっちにとっては各国に対する脅し程度の考えだったんだろうがな、そこが俺にとって絶対に攻撃してはならない場所だった……それがお前の敗因だったたって事さ」

中枢に侵入してからずっと鳴り響いているレッドアラートがより激しくなって行く。

それは異物の存在を管理者に知らせるだけの機械的なモノだと分かってはいる。

だがさながら叫びのよう……ガラス越しに目の前で悲鳴を上げて泣きわめく、今までさんざん地上の俺たちを見下して来た神様の姿にリンクするようで……滑稽《こっけい》に見える。

自動防衛システムなど既に全部潰《つぶ》しているのだから、出来る事など『危険、侵入禁止』『爆発の恐れあり、警告』などと侵入を試みる者を思いとどまらせようとする戯言をこちらに見せつけてくるだけなのが何とも笑えてくる。

端から生き残るつもりなど無い者に対して危険だから近寄るなとか……馬鹿じゃね？

「そうかそうか、一方的にやられるのを黙って見ているしか出来ないのは初めてか。こっちはそれを何年もされて来たんだよ……」

そう吐き捨てて、俺は愛機のスラスターを中枢核に向けて全力で噴射させる。

最後の武器として機体の内燃エネルギーを誘爆させる為に……。

「これでお前等の神話は終わりだああああああ‼」

中枢核へと突っ込んだ瞬間、圧倒的なエネルギーが放出されて今まで感じた事のない激しい光に自分が機体ごと包まれるのを感じる。

音も痛みも何も感じない……。

今まで悪運の強さで生き残って来た俺だったが、とうとう終わりの時を迎えたのだと静かに目を閉じ……そのまま意識は薄れて行った。

＊

戦場は理不尽が過ぎる魔物だ。

どんなに親しい友でも、どれほど憎たらしい敵であっても、たまたますれ違った程度の他人であっても等しく平等に奪い去っていく。

にもかかわらず、理不尽にも俺のような罪人を生き残らせやがる。

それを思うと、最早世界が違っても他者と深い関わりを持とうとは思えない。

ましてや戦友というのはよろしくない。

命を預け合う、文字通りの命がけの関係性なだけに失った時の喪失感は物理的にも精神的にも半端ではない。

「ここもあんまり長居は出来ないな」

冒険者は資格さえ取得して仕事を定期的にこなしていればギルドの管轄であればどこでも仕事が出来るシステムで、俺のような余所者にとっては都合が良い。

俺はそんな事を考えつつ、次の仕事を選ぶべく依頼書が張られる掲示板へと視線を移す。

冒険者はいわゆる何でも屋と言えるだけに、ゴブリンなどの魔物退治の他特殊な植物や鉱物、食材などの調達や運搬、護衛任務など傭兵《ようへい》まがいな仕事も存在する。

安全性を考えれば採取などを選ぶべきなのだろうが、生憎《あいにく》こっちの世界に関する知識の無い俺にとって今のところ討伐系統よりもハードルが高い。

未だにゴブリンみたいな魔物ってヤツを日常として受け入れる事が出来ていないのも事

実だが……。

そんな事を思いつつ掲示板の〝野良《のら》ゴブリン討伐〟の依頼を受けようかと思案していると、突然ギルドの入り口がざわつき始めた。

冒険者たちの実用性を重視した軽装とは違う、銀色に光るカッチリとした甲冑《かっちゅう》を纏《まと》った五〜六人の兵隊？　が唐突に現れれば当然とも言えるが。

兵隊、というよりは城に仕える騎士というのがしっくりくるような出で立ちの集団。

そんな連中は周囲の奇異の目などお構いなしにガチャガチャと甲冑を鳴らして受付まで進むと、先頭にいた一回り小さく見える軍服の女性が口を開いた。

……って、アレって？

「近衛魔導機兵団団長、ナディラ・Ｅ・アスカラリムである。ギルドマスターはいるか？」

その瞬間、連中の登場に呆気《あっけ》に取られていた受付のオッサンは飛び上がるように立ち上がり頭を下げた。

「こ、こここれは王女殿下！　このような場所に一体どのようなご用向きで!?　ああ、申し訳ございません、当ギルドのマスターは私めにございます！」

「そ、そうか、それは済まぬ。まさか組織の長が窓口とは思わなんだ……」

「は、はは……お恥ずかしいですが当方も人手不足でして……」

王女殿下⁉　受付のオッサンがギルド長だってのも驚いたが、それ以上にその女性が王女であるという事に衝撃を受ける。

何しろその女性は先日トロルに襲われている所を勢いで助けてしまった人型重機を操縦する褐色美女本人なのだから。

確かに先日に比べて今は凛《りん》とした感じで高貴な雰囲気を醸し出している。

「王国全土のギルドにも先日より通達されておるだろうが〝白き巨鳥〟もしくは〝白き巨人〟についての情報が入ってはいないだろうか？　今のところこちら方面に飛び去った目撃証言しか無いのだ」

「は、はい、それはですね…………当方も情報収集は行っているのですが、如何せん時間帯が夜中であったこともあり目撃証言は少なく〝飛び去る轟音《ごうおん》で起こされたが上空を見上げた時には影も形も無かった〟というのはあったのですが……」

『わあ……なんかお尋ね者になってんじゃん』

バイザー越しにモコモコの超他人事《ひとごと》っぽい口調が聞こえて来る。

あの女性が王国の王女様だと……しかも今の言葉を考えるに間違いなく俺を、というかラマテラスを捜している？

上空を八百～九百キロで飛行するラマテラスを視認した者はいなかったようだが、どう考えても面倒事の気配しか感じねぇ。

しかし、なんだって王族のやんごとないヤツが深夜に人型重機で魔物と戦ったりしていたんだろうか？

そして存在不明のラマテラスの調査を自ら率先して行うなど……。

あんな時間に巨大な魔物と戦っていた王女様……絶対に厄介事にしかならん。

俺は最早依頼の受注は明日《あした》で良いと見切りをつけて、さっさとギルドを離れる事にする。

「……ではギルド長、他にめぼしい実力のある冒険者などはおらんだろうか？　間口は広げておるのだが、生憎我が魔導機兵団は万年人手不足である。優秀な人材はいつでも歓迎しておるのだが」

「そ、そうでございますね……いや当方としましても優秀な人材は貴重でありますし、本人たちの意志も…………あ」

「何だ？　誰ぞ見込みのある者が？」

「いえ、期待の新人といいますか、つい数日前にふらりと現れてベテラン冒険者ですら顔負けの討伐数を稼いでいる若いのが……おおい、新入り！　バサラ・アカツキ!!」

と思ったのだが、都合の悪い事にシフトした会話の内容も俺の事を示していて……扉を出る前に困り顔のギルド長に見つかってしまった。

クソ、面倒な……。

「……？　ギルド長よ、本当にアレが期待の新人だと言うのであるか？　魔導機兵の操縦はおろか幼子でも扱えそうな矮小《わいしょう》な魔力しか感じぬのに前衛にしては華奢《きゃしゃ》にしか見えんではないか」

「いや、それが不思議なのですが日に二桁《ふたけた》単位のゴブリンを含む魔物の討伐をソロでこなす手練れのようでして……我々としては結果さえ伴えば方法は二の次と言いますか……」

俺の外見的特徴から疑いの目を向けて来る王女の傍に控える大柄の騎士。

この世界においては前衛は逞《たくま》しい体格、後衛を務める者の飛び道具は魔法が基本という考えなのだろう。

もちろん技術やスピード特化の前衛や弓などを駆使する後衛もいるようだが、ソロでとなると俺の体格も魔力もあちらのお眼鏡には適わないようだ。

お、これはこのまま退散できるか？

「……ちょっと待つのだバサラとやら」

しかし肝心のお姫様が俺に疑いの眼差しを向け始めていた。

あ、これはまずい奴だ。

何だか分からないけど敵の照準に入ってしまった気配と言うか……とにかく俺にとって百害以外の何物でもない前兆。

「お主、どこかで会ったか？　確かにあまり高い魔力を感じぬが、魔力の形状や色が特殊な……まるで見た事のない理を持っているかのような」

「………………」

魔力の色？　形？　おまけに見た事のない理だと⁉

魔力なんて埒外《らちがい》の事を言われても分からんけど、お姫様が俺の常識とは異なる索敵方法を実践していて、仮に俺にも小さくても魔力ってもんが存在していて〝世界が違う〟からこそ特殊で珍しい魔力なのだとすれば………。

「あ⁉　そうだ、私がトロル共に苦戦していた時連中の気を逸らしてくれた宙に浮く奇怪な騎馬の⁉」

「⁉」

マジかよ⁉　あの距離だから顔が見える事も無いと思っていたが、魔力とかそんな理解不能な不思議センサーで俺の事を識別したって言うのか⁉

嫌な汗が背筋を伝い、咄嗟《とっさ》に走って振り切る衝動に駆られるが、俺は既のところで留まった。

魔力なんぞ視覚情報すら認識の違う連中なのだから、このまま逃げようとして戦闘や捕縛の方法もそっち方面の不思議理論で来られたら対処できるか分からない。

せめてこっちも見える範囲、こっちの常識で動ける範囲で対応する方がマシだろう。

俺はそこまで考えてから、とりあえずは惚《とぼ》ける事にする。

「何の事でしょうか？　俺はつい最近ここに来たばかりのしがない冒険者で、王女様とお近づきになる機会なんぞありませんが？」

「虚偽は無用であるぞ。お主のその魔力は忘れられるモノではない。どんな属性にも属さない不思議な色合い……しいて言うならば無垢《むく》の色と言うべきか？」

さっきの騎士は魔力の大小でしか言っていなかったのに、このお姫様は明確に色と口にする。魔力の見え方にも個人差があるって事なのだろうか？

魚の目利きでプロの見る場所が素人《しろうと》には分からないみたいに。

「あの大地を滑る魔導具についても聞きたいところだが、私が窮地に陥ったあの時お主の行動により救われたのは事実。その英雄的行い、褒めて遣わそう」

「……そりゃどうも」

王女という立場であるなら平民に対してこういった物言いは仕方のない事かもしれないが、そんな尊大な上から目線での〝よくやった〟的な言葉に俺はイラっとする。

どうしても前の世界で自分たちを神だと豪語していた連中に近いモノを感じて。

そんな俺の反応が気に喰《く》わないのか周囲の騎士たちは露骨に殺気立った雰囲気を醸し出すが、当の王女様本人は気にした様子も無く話を続ける。

「そして聞きたいのだが、お主がヤツ等の気を引いた直後に私たちでは太刀打ちできなかったトロル共を一撃で屠《ほふ》る魔光を放つ白き巨人が姿を現した。もしやお主は件の白き巨人の関係者、もしくは従僕なのであろうか⁉」

「…………は？」

関係者？　従僕⁇

熱のこもった瞳《ひとみ》で言い募る王女様であるが、俺には彼女が何を言いたいのかよく分からず、戸惑っていると愛犬からバイザーを通じてアドバイスが入る。

『多分ラマテラスの事だね。バサラ単体では目撃したけどラマテラスを操縦していたとは思っていないんじゃないかな？　ラマテラスを一種の魔物か、もしかしたら神様の類か何かだと思っているみたいな？』

……なるほど、ラマテラスを一個の生命としてとらえているから俺の事を関係者とか従僕とか言うワケか。

この世界の文明の進み方を予想すれば仕方がない事かもしれんが。

「仮にそうだとしたら、どうするつもりだと？」

「⁉　直ちに我らに同行し城へ参じよ！　あのような強大な力を市井に放置するワケにはいかん。アスカラリム王国の名の下厳重に管理し邪悪な魔族たちとの戦いに貢献する事を許そうではないか‼」

「……は？」

尊大な物言いだが、彼女自身は今の言い方が人に不快感を与えるモノではなく凄《すご》く良い事を言ったのだと純粋に思っているのがアリアリだ。

「いけません姫様！　このような平民風情を姫様自らが召し上げあまつさえ城に登城させるなど！　栄えあるアスカラリム王家の名に傷を付けるおつもりですか⁉」

「何を言うか、その者は部隊からはぐれた時にお前たちの代わりに私の命を救った者であるのだぞ？　その功績に報いずして何が王家か！」

「く……ぐむむ、何と言う寛大なお心……」

そしてどうやら平民（？）の俺が取り立てられそうになっている事が気に入らないらしい騎士の男は王女様の言葉に勝手に感動した挙句、その次には分かりやすく俺の事を睨《にら》みつけて来た。

高身長に任せてあからさまに見下した目付きで。

「貴様……光栄に思うのだな！　我らが王女ナディラ様のご慧眼《けいがん》により平民から見出されるなど生涯あり得ない程の幸運と栄誉であるぞ！　喜び勇み、件の白き巨人とやらと共に城へ参上するように……」

何だ、この茶番は？

コイツもコイツで俺が命令に従う事が当然だと思っている、上から話してやっているという態度が露骨過ぎてムカつきを通り越して笑えて来る。

「お断りだ」

「……今、何と言ったのだ？」

まるで自分の決定した事が覆る事などあり得ないとでもいうような、そんな表情は以前にも見た事がある不愉快な連中にそっくりだ。

この王女は連中とは違うと分かってはいるのに、それでも語気が荒くなってしまう。

「聞こえなかったのか？　断るっつったんだよお姫様？　危険で強大な力を他人が持っているのが気に喰わないから自分たちで管理する。そんなそっちの都合の押し付けを何で俺が聞いてやらないといけないんだ？」

「な⁉」

強力な力だから自分以外の者が持つのが不安、だから自分の手元に置く事で他人が不安に思う事は念頭にない。

自分は献上される側でいるのが当然で、平民はむしろ支配される事こそが幸せなのだと、光栄なのだと押し付ける。

本当に、俺が腹の底から嫌い憎悪し、皆殺しにしたかったヤツ等にソックリだ。

そして、アイツ等と同じ人種なのであれば下に見ていたヤツが反抗した時の反応はいつも同じである。

「この無礼者！　姫様の、王家の命令に反するとは、そこに直れ！　成敗してくれる!!」

「ま、待つのだガイアスよ!!」

予想通り、次の瞬間には見下し睨んでいた騎士の男、ガイアスが殴りかかって来た。

鎧《よろい》を着ているにしては重量を感じさせないスピードであり、この辺の筋力や反射神経なんかも魔力ってヤツの恩恵があるのだろうか？

そんな事を考えつつ、ヤツの拳《こぶし》を数センチの所でかわして、そのまま突き出された右腕を摑《つか》んだ。

「……え？」

「速かろうが重かろうが、当たんなきゃどうしようもねーんだよ。アンタ、無重力の三百六十度視界で戦った事が一度でもあるかい!?」

そして姿勢を低く、一本背負いの要領でガイアスをそのまま投げ飛ばし床に叩《たた》きつける。

後頭部を強か打ったらしい彼はそのまま白目をむいて気を失った。

「ガ、ガイアス副長⁉」

「貴様⁉」

「王家の命に背いたばかりか手を上げるとは……最早反逆罪が適応される！　この場で切り捨ててくれるわ‼」

実力行使に出た結果俺が牙《きば》を剝《む》いた事で残りの騎士たちの殺気が一気に増すのを感じる。

コイツ等にはそっちが先に手を出したとか、そんな問答は通用しないのだろうな。

俺はそう判断してヤツ等が腰から剣を抜こうとした瞬間、腰だめにブラスターを構えてそのまま剣の根元を狙い発射。

パンと乾いた音が二回した後、連中が引き抜いた剣は既に根元から折れて柄だけになっていた。

「「なあ⁉」」

「ゴブ⁉」

「余所見は厳禁だぜ」

「「ガバ⁉」」

俺はそのまま驚愕《きょうがく》している騎士の側頭部に飛び蹴《げ》りを叩き込《こ》む。

いくら兜《かぶと》があろうと人間の脳は突然揺すられて立っていられるようには出来ていない。

喰らった二人の騎士は折れた剣を手にしたまま膝《ひざ》をついて動かなくなる。

これで三人……そう思った時、バイザーから愛犬の声が聞こえる。

『バサラ、残りの騎士は姫様合わせて後三人だが一人が妙な事を口走ってるぞ。何かの呪文みたいな……』

「みたい、じゃなく呪文なんだろ、魔法のな！」

当たり前の事だが魔力だの魔法だの、そんなもん理解不能な俺たちに連中の使おうとしている魔法がどんなもんなのか判断する事が出来るワケが無い。

しかしだからと言って、現実的に温度が上がったり物や空気が物理的に動いたりする変化を拾い上げる事は可能だ。

ましてや向こうが呪文っていう〝使うぞ〟という予兆を示してくれるなら尚の事、回避するのは不可能な事ではない。

案の定バイザーの向こうでサーモグラフィとかで確認していたモコモコから指示が飛ん

でくる。

『バサラ、右のヤツの杖《つえ》から熱源！　それに足元からも……』

「下⁉」

その言葉に俺は咄嗟に横っ飛びにジャンプした瞬間、突然足元から影がそのまま伸びたようなモノが飛び出したのだ。

「「なに⁉」」

驚く様子からも二人の騎士は連携、分かりやすく魔法を使おうとする杖の光に注目させて、もう一人の方が今の黒い影で捕らえようとしたのだろう。

俺を捕らえられなかった影は、まるで溺《おぼ》れる者が藻掻《もが》くかのように虚空へと消えて行き、俺はそのまま紅い光を放ち始める宝玉の付いた杖をブラスターで撃ち抜いた。

「「⁉」」

「連携で仕留められなかったからって惚《ほう》けている暇があるのか？　訓練が足りねえぞ‼」

そして驚愕から立ち直る暇を与えず俺は二人に肉薄して、そのまま両手で二つの兜を掴んで床へと叩きつけた。

激しい激突音と共に二つの兜はひしゃげて、その二人も脳震盪を起こしたらしく動きを止める。

……これで残るはあと一人。

この場での隊長格は間違いなく彼女、そう判断して俺は迷わず攻撃対象を変える。

俺の攻撃の意志を感じ取ったのか、彼女は慌てて腰のカトラスを抜き放った。

室内で速度重視なら大げさな武器ではなくカトラスを選んだのは間違ってはいない。

それが通用する相手ならば……だが。

俺はそのままかわす事も引く事もせず、斬り掛かる彼女の懐に踏み込んで両手で持っていたカトラスを左肘《ひだりひじ》でカチ上げる。

「は⁉」

「どうせなら全員でかかるべきだったな、お姫様？」

「グッ⁉」

そしてカチ上げた左肘をそのまま下方へと滑り込ませて、ボディへと叩き込んだ。

肘が腹に突き刺さり、苦悶《くもん》の息を漏らして動きを止めたお姫様が取り落としたカトラスを俺はそのまま拾い上げて、彼女の首元に突き付けた。

「う⁉」

「チェックメイトってヤツだな、お姫様」

その瞬間に立ち込める圧倒的な静寂。

ギルドとしてもやんごとない立場の、しかも王族を相手に事を荒立てるなど思いもしなかったようで、カウンター向こうのギルド長も遠巻きに騒動を見ていた他の冒険者たちも啞然《あぜん》としていた。

「……あ〜こりゃ、やらかした。早々に退散するしかなさそうだな」

『向こうが先に手を出した、が通用する連中じゃなさそうだしね』

愛犬からも同意のお言葉をいただき、突き付けていたカトラスを引っ込め向こうに放り投げる。

次の瞬間には緊張の糸が切れたのかお姫様がヘナヘナへたり込むが、構わず俺は振り返って未だに床に転がったままの騎士たちを避けて出口へ……早々に退散させていただく事にした。

「ま……待つのだ………そのように我らを圧倒できる程の力を持ちながら、何ゆえに我らに協力せんと言うのだ。力を持つ者が持たぬ者、弱き者の為に戦うのは義務であろう⁉」

「…………ア？」

しかし諦《あきら》めが悪いのかお姫様が震える声で呼び止める。

この言葉が罵倒《ばとう》か勧誘の類であるなら、正直ウザいとは思うモノの〝根性あるな〟で済ませたところだったのだが……ハッキリ言ってそういう上から義務を押し付ける物言いは、俺にとって逆鱗《げきりん》以外の何物でもない。

「上から話すヤツはいつもそうだな。力を持っている自分たちこそが偉い、自分たちに従うのが正しい事、従わない者は悪だって？　そのクセ自分以外が力を持つのは認めない……従わなきゃ殺しても構わない？　ふざけんじゃねぇ!!」

「!?」

「俺はその戯言を抜かす連中から奪われた事はあっても守って頂いた事は一度もない。断られる理由に納得が行かないならハッキリ言ってやるよお姫様」

俺の本気を感じ取ってなのかは分からないが、息を呑み座り込んだままこちらを見据える彼女を正面から睨みつける。

「俺は人に義務を決め付け押し付けるような事を上から抜かす人種が大嫌いだ！　特に自分たちが守ってやるから従えなんて口にして、いざって時には助けようともしないで逆にそいつらが力を持つ事を許さないっていう卑怯者《ひきょうもの》はな!!」

「……押し付け…………卑怯者……」

　圧倒的な憎悪の感情を真正面から初めて叩きつけられた王女ナディラはしばらく放心状態に陥り、自分の腰が抜けて立てない事に気が付いた時には既にバサラはギルドから姿を消していた。

＊

　そして時を同じくして昏倒《こんとう》していた騎士たちも一人二人と頭を振りながら意識を取り戻し、その中でも副団長ガイアスはハッとした表情になると慌ててナディラの元へと駆け付ける。

「ひ、姫様ご無事ですか⁉」

「あ……ああ大事無いぞガイアス、そなた等も無事であるか？」

「我々の事などお気になさらず……本来姫様の盾となるべき我らが不甲斐《ふがい》ない……」

　悔しさを滲《にじ》ませるガイアスであるが、周囲を見渡して先ほど自分が昏倒させられた冒険者がいない事に気が付くと未だに戸惑った様子のギルド長を睨《にら》みつけた。

「ギルド長！　あの無礼者はどこへ行った⁉」

「さ、さあ分かりません。ついさっきギルドを出て行ったとしか……」

「おのれ、逃げおったか⁉　至急ヤツに対する情報を可能な限り寄越せ！　それと城へ増援の要請を。王女であるナディラ様に牙を剝いたのだ、あの反逆者は必ず捕らえてしかるべき処罰を……」

「止めよ、バカ者が」

怒りを露わにバサラを狩ろうとするガイアスを、ナディラは静かに、しかし力強い有無を言わさない口調で止めた。

「ひ、姫様？　し、しかし……」

「増援要請などと、一体どう理由付けするつもりだ？　即刻犯罪に走る危険人物ならいざ知らずやった事は勧誘の拒否のみ。魔導機兵団の精鋭部隊がまとめて魔力も使わぬ一人の若造に敗北を期したから助けろとでもいうつもりか？　父上、兄上たちの笑い者になるのがオチではないか」

「⁉　ま、魔力を使っていなかったですと⁉　あの細身で魔力強化も無しに我らを圧倒してみせたですと⁉」

上層部連中の反応は予想される事だが、それ以上にガイアスはバサラが魔力を何も使用していなかった事に衝撃を受けていた。

「魔法にも似た光線が何かは分からんが、少なくともフルプレートの貴様等を昏倒させたのは魔力も何もない体術のみ。あの者はまるで背中や足の裏にも目が付いているかのように攻撃をかわして最適な技術と力加減で制圧しておったのだ。しかもこの状況で殺さぬよう配慮した上で、だ」

「「「「…………」」」」

王女ナディラの〝見〟の実力を知っている騎士たちはその見解にただただ唖然とする。

魔力の強さや認識や見え方などは人それぞれで、火や水などを放出して攻撃する事を得意とする者もいれば、身体強化や飛行付与などで肉体に働きかける事で支援、もしくは物理で戦うのを良しとする者もいる。

そんな中で王女ナディラは高い魔力と深い知識で一通りの魔法を行使できるだけではなく、魔力を視覚的に索敵する『魔力感知』を得意としていて部隊の目としてまさに指揮官として優秀な能力を持っていた。

ゆえに彼女の魔力を使っていないという見解を疑う者は誰一人おらず、だからこそ自分たちの敗北があり得ないとばかりに絶句してしまうのだった。

「バカな……手加減された上で圧倒されたと言うのか……」

「それも、魔力を使わぬ上で……」

「ひ、姫様……であるなら尚の事、そのような危険人物は捕らえませんと……」

「もう良い、一旦《いったん》あの男の事は忘れよ」

管理してない力は危険だから、不安だから自分たちの管理下に……部下たちのその言葉は至極真っ当に聞こえるのだが、それがバサラが去り際に浴びせた言葉にリンクしてしまい、ナディラの胸がチクリと痛む。

弱き者を守ると大言しておきながら、弱き者を虐げるのみでいざと言う時に何もしてくれない。それどころか弱き者が自分でどうにかしようとしているのに、力を持つことを許さず取り上げる卑怯者。

それは間違いなくそういう経験をした者が放つ怒りの咆哮《ほうこう》。

ナディラが常々肉親や王国上層部に対して思っていた不満だったのだが、全く違う他人に〝お前も同じ事をしている〟と吐き捨てられたのはショックであり、屈辱でもあった。

「気づかぬ内に父や兄と同じ事をしていたとでも言うのか？　こっちの気も知らずに…………………む？」

「姫様どうかなさい……⁉」

しかしその時、まず魔力感知の能力に優れた王女ナディラが気が付き、次いで周囲の騎士たち、冒険者の中でも魔術に長けた者たちが徐々に気が付いて行く。

この町『フラメア』の中に突然大きな魔力の反応が三つ〝現れた〟事に。

「な、何事だ⁉　巨大な魔力が何の予兆も無く突然…………ま、まさか⁉」

ドオオオオオオオオン‼

「⁉」

今まで無かったハズの魔力の反応が現れる、予想されるその可能性は二つしかなかった。

一つは高位魔力保持者が意図的に封じていた魔力を解放した時。

そしてもう一つは何らかの方法でこの場に『魔族』が現れた時。

その最悪の予想は激しい震動と共に聞こえた巨大な破壊音によって肯定される。

後者が正解であると……。

*

「クソ、情けねぇ、向こうの出来事はこっちには何の関係も無いってのにキレ散らかしちまうとは……」

王女様御一行とお別れした俺は、その足で町の外に待機させていたホバークラフトに乗り込み、早々にこの場を離れるべく森の中を疾走していた。

思わず王女様に激高してしまった事に自己嫌悪しながら、現在は自宅のような扱いになっている愛機ラマテラスを隠している場所に向かって。

ちなみにホバークラフトのスピードは抑えめ、ライトを付けずに走行中である。

一度点灯していたらゴブリンに絡まれた経験から夜の走行は無点灯が基本、あいつら普通の動物とかと違って火も武器も使うから、当然夜の光を恐れる事はない。

逆に単なる誘蛾灯にしかならんからな……。

バイザーには暗視ゴーグル機能も付いているし、一昔前の微細な光を増大する手法ではなく温度、音、電磁波などあらゆる情報を収集する事で夜でも日中と同じ景色と明るさを構成してくれるから特に問題は無いしな。

「面倒な……どうせ長居する気は無かったけど、こんな形で住処を変えないとならないなんて、異世界生活も楽じゃね～な。まあ強力な力を利用したがる輩はどこの世界でもいるもんだがよ」

『まあこっちにバサラみたいな問題児の存在を認めてくれる上官がいるとは思えないし、無関係な連中からすれば単なる危険物でしかないからね～』

「違いない」

上官……こっちの気持ちを察したように以前は散々世話になった艦長の事を自然と口に

するモコモコ。

ほんと、人間臭い犬……というかロボットだよ。

そんな事を思っていると、不意にモコモコから怪訝《けげん》な声が聞こえた。

『アレ？　バサラ、ちょっと気になる反応が……』

「あんだ？　またゴブリンか？」

『いやそういうのじゃなくて、町の方で今さっきからお姫様たちの作業用ロボットが何かと戦闘を始めた反応が……』

「は？　町中で？」

俺はホバークラフトを一旦停止して目の前の端末に集中する。

万が一を考えて俺の活動範囲には偵察用小型衛星を飛ばしていて、当然短期間とは言え拠点だった『フラメア』にも配備していた。

もっともこの場所から離れる際には回収するつもりではいたが……確認してみると確かに以前目撃した作業用機械の反応が五つに、他の何かの反応が三つ。

この前見たトロルみたいな化け物のモノだろうか？

「マジかよ、あの町だって防壁くらいあったじゃん。こんな中心街に侵入を許したとかどんだけザル警備なんだよ」

『確かに変だよね。ついさっきまで何もいなかった場所に急に巨大な何かが現れたような反応だったから』

「……また魔力のナニガシじゃねーだろうな」

最早この世界で説明不能な現象は全て魔法だと思った方が早い気がしてきたな。

しかし茶化すように言ってみたのにモコモコの反応は対照的に冷静である。

『戦況は大分不利っぽいね。元の地力でも劣っていたのもあるけど、お姫様たちは住民を守る為、逃がす為に動いているから、敵の撃破のみには集中できてない』

「…………」

それは市街地戦で敵に侵入を許してしまった際の典型的な状況。

敵は手当たり次第にどこを破壊しようと何人殺そうとやりたい放題だが、守る側はそうはいかず被害を最小限に敵を撃破しなくてはならない。

場合によっては必要な犠牲として割り切る事態も起こるが、まともな道徳観念を持つ〝人間〟だったら簡単に選ぶことは出来ない選択肢である。

少なくともデータ分析はピカ一の愛犬がそう判断したのなら、お姫様たちの部隊はそういう割り切りは出来ない〝人間〟という事なんだろう。

「……被害状況は？」

「既に何軒か住居が破壊されて火の手も上がってる。今のとこ死体は確認できてないけどこれじゃ時間の問題だね。お姫様たちは人数分作業ロボ持って来たみたいだけど、すでに三体が動いてないね」

「…………チッ！」

俺は舌打ちをしてからホバークラフトを逆噴射してUターンをかました。

こっちの世界に深くかかわるべきではない、それは分かってはいる。

だけど、ここでスルーしてしまえばそれこそ飯がマズくなりそうだ！

「モコモコ、ラマテラス緊急スクランブル。あの町には短いけど世話になったからな」

『……そう言うと思ったよ、お人好しめ』

＊

「「ヴワアアアアアアア!!」」

「キャアアアアアア!!」

「ば、ばば化け物!!」

響き渡る民衆の悲鳴、破壊された建物と燃え上がる火の手。

何の脈絡もなく突如『フラメア』の町に現れた巨大な存在は、額から突き出た禍々しい角と下顎《したあご》からの巨大な牙《きば》を持った赤色の肌をしたオーガと呼ばれる魔族であった。

王女ナディラはそんな化け物に対して自ら魔導機兵に乗り込み対峙《たいじ》していたのだが、苦《く》悶《もん》の表情を浮かべた。

「民衆の避難はまだ終わらんのか⁉　このままでは町全体が焼失してしまうぞ‼」

「順次行っております！　しかしあのオーガ共の動きが速すぎます。まるでこっちがどこを攻撃されれば嫌な事を分かっているように……」

「分かっているからこそであろう……アレ等は！」

そんな〝今更〟と思える事を口にしつつ、ナディラは自身の魔力を魔導機兵に流し込み、手足の如く操るとオーガの顔面に強烈な打撃を当てた。

しかし当のオーガは意に介す様子も無く、お返しとばかりに拳《こぶし》を突き出して来た。

ガシャアアアア‼

「ぐう⁉」

「姫様‼」

ガイアスの叫び声が響く中、ナディラの体は機体ごと後方へと吹っ飛ばされる。

そして辛うじて転倒する事はなかったものの、オーガの剛力で放たれた拳の威力は凄《すさ》まじく、咄嗟《とつさ》に受けた右腕の大部分が大きくひしゃげてしまっていた。

「姫様ご無事ですか⁉」

「私は心配ない！　しかし今ので右腕の駆動系をやられてしまった……」

それは両腕でも苦戦している相手に対してどうにもならない戦力低下、自分たちの敗北すら可能性として高い。

そんな中で勇気ある冒険者や自警団の連中が武器を手に立ち向かったり、魔法を放ったりしているのだが、どれも効果は無く攻撃が当たっても何の痛痒《つうよう》も感じないのかオーガが破壊の手を止める事はない。

「クソクソクソ！　この化け物め‼」

「何でよ⁉　何で魔法が効かないの⁉」

やはり人の手で魔族にダメージを与える事が出来ない、ナディラはその事実を今までに何度も見せつけられてきたのだ。

可能性があるとするなら魔力によって動かし常人の何百倍ものパワーを生み出せる魔導機兵だけだという残酷な事実を……。

「勇気ある同志たちよ！　ヤツ等に貴殿らの攻撃は通用せん‼　この場は我らに任せて町民の避難を優先してくれ‼」

「早くせんか！　魔族との戦闘が一般市民に務まるワケが無いだろう!!　尊き血筋の我らにしか参戦は許されん！」

「そうだ！　さっさと行くのだ平民共!!」

同じように魔導機兵から声を上げる騎士たちの言葉は、傲慢《ごうまん》で不遜《ふそん》な物言いではあるのに、いつもなら不満の一つも出そうなものだが状況が違えば聞こえ方もやはり違う。

敗色濃厚な連中の言葉は正しく『時間稼ぎをするから逃げろ』という風に伝わり、攻撃に加わろうとしていた冒険者たちも意を汲《く》んで避難を優先して行く。

だがそれでも、混乱の最中逃げ遅れる者は出てしまう。

急ぎ避難する中で手を離してしまったのか、慌てて逃げ遅れた少女に駆け寄ろうとする母親……目ざとく逃げ遅れた少女を一体のオーガが見つけた瞬間、そのオーガの口元がいやらしくニヤ付くのをナディラは見た。

「あ……ああ……ああ」

「イヤアアアアアア!!　リイナ!!」

足を上げて少女を踏みつぶそうとするのを母親が悲痛な叫び声を上げて助けようと駆け寄る。その姿をオーガは明らかにあざ笑っていた。

「この外道がああああああ!!」

大事な我が子を目の前で殺したら面白そう……そんな下劣で不快な思いがその顔から透けて見えて、ナディラはほぼ反射的に魔導機兵を動かし少女を庇《かば》う。

「私は民を守ってみせる！　口だけの卑怯者《ひきょうもの》などになってたまるかあああ!!」

ガシャアアアアア!!

「グブ!!」

魔導機兵の丁度背面にオーガの踏み付けを喰らったナディラは衝撃で強制的に息を吐き出され、瞬間的に動けなくなってしまう。

それでも、せめて目の前の母娘は救い出そうと無理やり笑顔を作って母親に言う。

「は……やく、連れて……いけ。今度こそ、手を離すな……」

「は、はい！　ありがとうございます、この恩は一生……」

「良いから行くのだ!!」

「は、はい!!」

無理な動きを魔導機兵にさせる為に急激に魔力を失ったナディラは繰り返されるオーガの踏み付けに耐えるしか出来ず、腰を抜かして動けない娘を母が背負い逃げる姿を見てホッとする。

しかし次の瞬間、オーガの踏み付けが止まった。

「…………な、なんだ？」

唐突に攻撃が止んだ違和感にナディラがオーガの方を見上げると、オーガは逃げた母娘の方に視線を向けて、そしてこっちを見下ろすと再びニヤッと嫌らしい笑みを浮かべる。

その笑みの意味を察してナディラは血の気が引いた。

「ま、まさか貴様……や、止めろ！　今攻撃すべきは私のハズ!!」

そのオーガはどこまでも性格が曲がっているのか、ナディラが母娘を庇ったせいで最早動けない事まで分かった上で、今度はナディラの目の前であの母娘を殺すのが面白そうと考えたようだった。

どうすればナディラが一番悔しがるか、絶望するのかを分かった上でなければ思い付く事も無い鬼畜の発想。

そんな下劣な発想がまたも透けて見える笑みを浮かべたオーガは、巨体には似つかわしくない身軽な動きで、そのまま逃げた母娘へと飛び上がった。

ナディラの目の前で勢いよく踏みつぶす……守ろうとした者を守れず絶望する、ただそれを見たいが為に。

ダメなのか？

私では民を救う事は出来ないのか？

小さな子供と母親を嬉々《きき》として狙うような外道に対して何も出来ないのか？

それでは結局民の命を軽んじ何もしない父や兄たちと何も変わらないではないか……。

あの男が……言った通りではないか!!

「クソッタレエエエエエエエエエ!!」

ボッ……

しかしナディラが絶望の咆哮《ほうこう》を上げたその時だった。

逃げる母娘を嬉々として踏みつぶそうと飛び上がったハズのオーガの顔面の半分が、突然の光の熱線により跡形もなく消し飛んだのは……。

あれほど剣で斬りつけようと魔法を当てようとも、切り札であるハズの魔導機兵でたち向かってもビクともしなかったオーガの顔がアッサリと。

誰もがその状況を正確に理解できなかったが、一番理解できなかったのはオーガ自身。

圧倒的優位の状況で、ただ弱者を弄《もてあそ》ぶ強者であったハズの自分に唐突な死が訪れるなど。

しかし轟音《ごうおん》と共に地に伏し最早二度と動かなくなったオーガに誰もが驚愕《きようがく》する中、一人だけ、王女ナディラだけはその光景に見覚えがあった。

「白き……巨人……」

フラフラとひしゃげ潰《つぶ》された魔導機兵から這《は》い出たナディラが見上げた夜空の向こう。

暗闇であるはずの空にハッキリと見えた巨大な輝く翼を広げた人型のシルエット。

それが片手に構えた筒状の塊、銃という概念も知らないこの世界の者にはそれが今放たれた巨大な熱線の発生源であると予想するのは難しいだろう。

しかしナディラにだけは分かる。

白き巨人が再び自分を助けてくれたのだと。

彼女はその事に深い感謝と感動すら覚えていたのだが、次に巨人から聞こえて来た外部スピーカーの声にそんな気持ちは霧散する。

『オイオイ、お姫様のワリには随分汚ねぇ言葉遣いだな。さっきはお澄まし口調だったのに、もしかしてそっちが素なのか？』

「……え？」

それはどこかで聞いた事のある若い男の声。

と言うか、ついさっきギルドで聞いたハズの今最もナディラが気に喰《く》わない男の声。

ナディラがワケが分からず茫然《ぼうぜん》と白き巨人『ラマテラス』を見上げていると、その巨体に似合わず静かに地上に降り立ったラマテラスの胸部がゆっくりと開き、パイロットの姿を露わにする。

「……まあお姫様が口だけの嘘つきじゃねぇのは分かった。本当に命張って守る気概を見せる上のヤツってのはそういねぇからな」

「お、お前は……バサラ？　というか巨人に乗って……え？」

ナディラの混乱は最高潮であった。

民を助けられない絶望からの助けて貰《もら》った感謝、それから助けてくれた巨人の〝中から〟さっき自分たちと敵対した冒険者が出て来るなど。

混乱が収まらない中、ナディラが言った言葉は……。

「まさか……白き巨人は『魔導機兵』であるのか？」

＊

顔見せのみでハッチを閉めると三百六十度スクリーンが立ち上がり、いつも通り自分がラマテラス自身になったかのような視点になる。

そして未だに目を丸くしたまま呆気《あっけ》に取られているお姫様が見えた。

「マドウキヘイ？　何だそりゃ？」

「多分魔導士の魔導に機械の兵、略して魔導機兵って言うんじゃない？　お姫様たちが乗ってた作業ロボみたいなヤツの総称みたいな」

「コイツはＭＪ《メタルジャケット》、しかも魔力じゃなく人工太陽炉で動く科学の産物だっての……」

「ガアアアアアアアアアアアアアアアア!!」

そんな事を呟《つぶや》くと、向こうから残り二体の角付き巨人がこっちに怒りの咆哮を上げて突撃してきた。

仲間をやられた怒りなのか、強者の自分たちに楯突《たてつ》いた者が許せないのか、もしくは単純に恐怖したのかは知らんが。

角付きの巨人、さっきからモコモコは「オーガだ、オーガだ！」などとはしゃいでいたが、人型の巨人を見かけたのはこれで二度目なのに未だ慣れる気がしない。

ゴブリンなんかは何とかサルなどと比較する事で飲み込んだつもりだけど、身の丈数十メートルのＭＪとタメを張る大きさの二足歩行の生き物なんてどうしても思考が拒否を、いや逃避を選びたがる。

とは言え、眼下に見える踏みつぶされたお姫様の作業ロボ……いや魔導機兵だっけか？

金属製の機械が踏みつぶされているのを見れば、威力は見た目通りという事になる。

理解しがたかろうと、対処しなくては自分が死ぬ。

それはこれまでと何も変わりない純然たる現実……。

俺は現在ラマテラスに残っている武装を確認して、使用可能な近接武器の中でＡＳ近接戦闘武装『カタナ』をセットアップ。

ラマテラスの脚部から射出された光の刃『カタナ』をラマテラスが摑《つか》み、オーガ共に向かって構える。

「「ゴア⁉」」

本能的になのか、それが自分たちにとって危険な代物なのを感じ取ったのか、二体のオーガは一瞬戸惑いの表情を浮かべるが、こっちとしては何時も通りの行動に過ぎない。

たとえＭＪでも巨大な生物であっても、戦場で殺意を向けた以上結果は決まっている。

ラマテラスの背に広がる八基のＡＳリアクターから爆発的なエネルギーを噴射させ、オーガたち以上のスピードで接近すると、俺は勢いそのまま二体の角付きに『カタナ』を振り下ろした。

「ガ…………」

「グロオオアアアアアアアアアアア‼」

そして一体は脳天から真っ二つになり即死、もう一体は肩から脇腹にかけて袈裟《けさ》状に斬られたようだが……どうやら浅かったらしい……最後のオーガはラマテラスに対して殴りかかって来た。

「……斬り終わりの隙を狙うのは上等だが！」

俺は咄嗟《とっさ》に左腕のシールドを構えオーガの拳《こぶし》を受け止めると、ゴシャという鈍い音がしてオーガが苦悶《くもん》の声を上げた。

戦艦の主砲ですら防ぎきるラマテラスのシールドだ、多少の打撃など屁《へ》でもない！

「ちゃんと痛覚もあるんじゃねぇか……よ！」

「グオ⁉」

そしてそのままオーガの腹に蹴《け》りを加えて吹っ飛ばした。

しかしオーガはたたらを踏んでも倒れ伏す事なく、何やらその辺に転がっていた大きな材木を手にして再び襲い掛かって来る。

「ガアアアアア！」

「……根性は認めるが、岩石を切断するラマテラスに対してそれは無駄だぞ」

俺は襲い来るオーガに対してラマテラスを急加速させると、振り下ろされた材木ごと『カタナ』を振りぬいた。

材木ごと、今度こそ二分割されたオーガはそのまま轟音を立てて地面に倒れ伏した。

そうすると頭が無事だったせいか、即死には至らなかった方が叫び声を上げてのたうちまわり始める。

「ガアアアアア……オアアアアアアアアア………」

「ったく、魔物が人里に降りて来ればいずれ駆除される。こんなところに出て来なければよかったのにさ」

　俺はゴブリンなどから察するに、魔物とは町や村に侵入してまで人間に関わろうとはしない生き物という認識だったので、この巨人も同類と思いそんな事を呟いていた。

　だが、藻掻《もが》く巨人の叫び声がある一時から変わった事に気が付く。

「アアアアアア……シ……シニタクナイ………シニタく……助け………」

「……今確かに人の声が………!?」

　人の声が藻掻き苦しむ角付き巨人の方から聞こえた気がして視線を送ると……さっきまでは確かに巨大な姿であったハズのモノが消失して、代わりに巨人と同じように袈裟状に二分割された全裸の痩《や》せこけた男の姿が……。

　しかし男はひとしきり残った右腕で地面を掻くと、やがて二度と動かなくなった。

「な……何だよアレ？　まさか巨人っぽいあの魔物、人間だったとか言わないよな？」

「ちょっと、想像つかないけど状況的にはそれしか無いかも。他の個体も……ほら」

　モコモコの指摘に他の二体も確認すると、やはり同じように顔面を貫かれた、脳天から真っ二つにされた全裸の男性の遺体が転がっている。

それは紛れもなく、さっきラマテラスで絶命させた巨人たちと同じ外傷だった。

「これも魔法の産物だっていうのか？　やっぱ俺には馴染《なじ》めそうにないんだが……」

「これに関しちゃ僕も同感だね。仮に人間だっていうなら餌目的で人里に現れる魔物とはワケが違うもの」

何とも嫌な気分に沈みかけていたが、この場でボヤボヤしているワケには行かない。

破壊の限りを尽くしていた、それこそ頼みの魔導機兵ですら歯が立たなかった巨人を逆にアッサリと撃破してしまった別個体の巨人に対して目撃者の町民たちは現在茫然自失《ぼうぜんじしつ》の状況だが、多少なりとも冷静になれば俺にとって面倒な事になるのは分かり切っている。

それこそ助けられたと好意的に見られるなら問題も少ないが、逆に巨人よりも強い恐ろしい存在に恐慌状態にならないとは限らないしな。

そんな事を考えていると、無事だった魔導機兵の二体が慌ててこっちに向かって来る姿も見え始めて………。

「おっと、いらっしゃったようだな面倒事が」

「その通りだね。ラマテラスバード形態変形システム起動！」

俺の意を正確に汲《く》んでくれたモコモコは速攻でラマテラスの変形を開始。

スラスターによる垂直離陸をしつつラマテラスは飛行特化形態、通称バード形態へとほぼ数秒で変形完了する。

しかしこの形態が意味する事を察したのか、お姫様が慌てた様子で駆け寄って来る。

『ま、待つのだ！　私はまだ礼も…………』

「ワリィがお姫様とはここでお別れだ。危ないからそれ以上近づくなよ！　丸焦げになりたくなければな!!」

『え⁉』

俺の言葉に素直に足を止めたお姫様を確認し、俺はラマテラスをそのまま垂直に急上昇させる。

眼下から何やらお姫様が怒鳴っている声も聞こえて来る気がするが……聞こえないフリ。

これ以上ラマテラスが活動して衆目に晒《さら》す事は避けたい。

オーガをいとも容易く屠《ほふ》った強大な力として追い求められる事になれば厄介、コイツは使い方を誤れば簡単に破壊と殺戮《さつりく》を齎《もたら》す危険すぎる兵器なのだから。

短い間とは言え世話になり、人生初の冒険者になった町『フラメア』が模型のように小さくなった辺りで俺は八基のＡＳリアクター『ヤタガラス』が形作る一対の翼を最大出力に上げ、高速飛行を開始する。

未だ見慣れない星々が浮かぶ夜空に向かって。

*

アスカラリム王国、それがバサラが唐突に放り込まれた場所の名である。

アスカラリムは周辺国に比べると小国ではあるのだが、温暖な気候のお陰でスパイスの栽培が盛んであり、その豊富なスパイスにより栄えていた。

どんな料理であっても一味加えるだけで極上の一品になる……地球上でもかつては金と同等の値が付いたという話もあるのと同様に、アスカラリムのスパイスも周辺国では高値で取引されているからなのだ。

何しろ国土の周辺には広大な砂漠が広がっていて、結局は海路に頼る事になるのだが、いずれも運搬するにも危険を伴う事からどうしても単価は跳ね上がってしまうのだ。

当然〝たかが小国〟と周辺国でもアスカラリムを手に入れようと画策する国々もあったが、やはり砂漠の進軍を考えるとこのまま取引した方が損失が少ないと考えを改める。

まさにアスカラリム王国は天然の要塞《ようさい》のように存在し、平和と栄華を誇っていた。

しかし……だからこそ危機感の欠如、平和ボケという弊害も生まれていた。

魔導機兵の格納庫であるラボを訪れたアスカラリム王国第二王女、ナディラ・E・アスカラリムはその弊害による傷跡……目の前でひしゃげて潰《つぶ》れてしまった愛機の魔導機兵を前にため息を吐く。

「ジンバック技師長、どうであろうか？　私の愛機は……」

「残念だがどうにもならんなコレは……踏みつぶされた影響で全体が歪《ゆが》んで魔力伝導回路が断線している。腕や足とか末端ならともかく歪みは魔力を供給する操縦席、しかも稼働部分も相当やられちまっているからなぁ」

「そうであるか……」

「まあ、平民の母娘を助ける為の名誉の負傷と思えば、こいつも本望ってなもんだろ？」

「どうかな……少なくともその母娘を助けたのは私だとは胸を張れん」

技師長の慰めの言葉はナディラにとって、かえって胸を痛くさせる。

一応今回の出来事は近衛魔導機兵団として副長ガイアスより報告がなされており、対外的にはそういう事になっているのだが、当然だが実際に事件に遭遇していた彼女にとって納得の出来る事ではない。

『あの場での目撃者は少ないからと白き巨人の情報に一切触れずに報告しおって……いや、それよりもバサラ……あの冒険者だ』

他人の武功を横取りしているようにしか思えず、圧倒的な罪悪感と共に全てをやりっぱなしで夜空に消えて行った『白き巨人』に対する屈辱を味わっていたのだった。

無論助けて貰《もら》ったという感謝の気持ちもあるのだが、だからこそそういった負の感情を恩人に抱いてしまう自分自身に嫌悪する葛藤《かっとう》を繰り返している……ナディラは真面目な娘なのだ。

「おやおやおや、これはまたひどいモノだな。魔導機兵は我が国において主戦力の一つ。たとえ専用機であるとは言え、このような扱いをするとは……何とも栄光あるアスカラリム王家の風上にも置けん」

「……ナールム兄上」

色々な葛藤で悩むナディラであったが、いつの間にラボに来ていたのか言葉とは裏腹にナディラの失態が嬉《うれ》しくて楽しくて仕方がないとでも言いたげな男の登場に、ますます眉《まゆ》を顰めた。

第二王子ナールムは一見鍛え上げた肉体を誇る逞《たくま》しい男であるが、そこかしこに宝石や金銀をあしらったアクセサリーを身に着け、更に腰に差した剣も見せつけるように柄から鞘《さや》に至るまで金銀をあしらい装飾を施した、見事に実用性を伴わない代物。

それだけでこの男が戦場になど立った事は無い事が一目瞭然《いちもくりょうぜん》であった。

「ヤレヤレ、市民の犠牲を考えてなどと甘い事を言っておるからそのような無様な目に遭うのだ。必要最低限は切り捨てる事が出来るのも王族の資格であろうに」

「その無様ではない姿を一度でもこの資格無き愚妹に見せて欲しいモノですがね？」

それは分かりやすい程の挑発『偉そうな事は一度でも魔導機兵で戦場に立ってから言え』とナディラは嘲笑《ちょうしょう》気味に言ってやった。

それでプライドを傷つけられ激高して罵《ののし》るか、さもなくば自分に手を上げるくらいの気概があるならと、ナディラは少しだけ期待したのだが……ナールムはそんな妹の期待を一笑に付した。

「まだ分かっておらんようだな。高貴で富貴な我らアスカラリム王家がするべきは前に出る事ではなく、民の象徴として後方で無事である事。云わば民衆にとって神たる我らが下々の元に下り戦場に立つ事こそ愚行なのだという事を」

怯《おび》えるでも激高するでもなく〝自分には関係のない事〟と心の底から思っている兄の言葉にナディラは苛立《いらだ》ちを覚えていた。

自分たちを神と同じような存在であると大言して何もしない……それはバサラに吐き捨てられた言葉そのものであったから。

ナディラの事をひとしきり嘲笑した事で満足したのか、ナールムがラボからいなくなった辺りで彼女ははしたなくも舌打ちをしてしまう。

「……チッ、ここで私を殴りつけるくらいのプライドがあれば、まだ見込みはあったかもしれないと言うのに」

「ここは〝妹を殴るような男ではない〟という辺りを評価してやってはくれませんか？　彼にもその程度の礼節はあるのだと」

「カル兄さま」

そして第二王子と丁度入れ替わりで現れたのはこの国の第一王子であるカルマゼンであった。

「彼も妹の身が心配なのでしょう」

「どうでしょうか？　ナールム兄上は単純に自分よりも私が目立つ事が気に入らないように思えますが？」

「はは……それは間違いないですね」

ナディラと同じく銀髪であるが眼鏡に痩《や》せた体に優しげな雰囲気の美青年、しかし彼は長男でありながら病弱で剣も魔法もほとんど扱えず『象徴』として相応《ふさわ》しくないという事で後継者には選ばれていない。

しかし、それでも代わりに本人の努力で身に付けた膨大な知識は誰よりも多く、本来の実力を正しく評価されていれば、アスカラリムは更に発展出来るという確信がナディラにはあった。

そんな長兄の事をナディラは家族の誰よりも尊敬しており、第二王子への態度とは対照的に表情を和らげる。

「しかし、彼に倣うワケではないですがこれは酷いモノですね。現状では魔族に対する唯一の対抗手段と思われている魔導機兵がたった三体に対してこのありさまなのですから。ナディラ、君の目から見て魔族たちはどのように映りましたか？」

「……正直に申しますと対抗できる気が致しません。一対一でこの結果ですし、最低一対三は必要、当然この巨体同士での戦いなのだからそれなりの広さが確保できなければ被害は周辺に及びます」

民衆の犠牲を平気で勘定に入れるナールムの言葉に同意したくはないナディラだったが、それは一つの事実としては受け入れていた。

今回町中に魔族が突然現れた現象は相当な非常事態のハズなのに、報告を上げた上層部からの反応がさっきの嫌味だけであるのなら、危機感が足りなすぎる。

どうにもならない現状であるのに、頼みの愛機が修復不能な事にナディラは歯がゆさを感じていた。

「すみません、父上や上層部の連中にも魔導機兵の増産と防衛体制の強化の必要性は散々通達しているのですが、私のような虚弱なモノの言葉は『剣も振れぬ、魔法も使えぬ弱者の戯言』としか聞こえないようで……」

「何を仰いますか！　貴方《あなた》のような知恵者がいてくれるからこそ我が国は存続していられるのですよ。戦場に立った事も無いのに兄上を誹《そし》り、そのクセ面倒な金勘定は全て押し付けておいて……戯言はどちらだというのか」

その後ラボからアスカラリム城の自室に戻ったナディラは陰鬱《いんうつ》な気分で枕に顔を埋めた。

金があり安全がある、それは国家としてこの上なく良い事のハズである。

しかし現在のアスカラリムはその事が原因で全体的に外敵の存在に無関心、平たく言って油断している空気が蔓延《まんえん》していた。

そんな中で最も警戒しなくてはならないハズの王家が最も油断している、足元で苦しむ人々がいるのに些末《さまつ》な事としか考えていないという事が、ナディラは情けなくて仕方が無かった。

「偉そうにしているだけで何もしない……か。言われなくても分かっている！」

不意に先日部下共々コテンパンにされてしまったバサラの言葉を思い出して、ナディラは苛立ち紛れに枕をボスッと叩《たた》いた。

民衆には魔族は元が人間である事が周知されてない事で、あれらは魔物の一種としか思われていないのだが、王族であるがゆえにその詳細を知ってしまっている彼女には、とても親兄弟たちと同じように楽観する事など出来ない。

気を取り直してナディラはベッドから立ち上がり、机の上に広げてあるアスカラリム王国の地図へ青い宝石を一つ転がした。

「やはり、まずはあの男を見つける事からだな。まだ国内に留まっていてくれればよいのだが……」

そんな淡い希望を口にしつつ、ナディラは目を閉じて青い宝石に己の魔力を流し込む。

自分の記憶にある男の魔力は小さく探知できるか分からない程だったが、彼女はより大きな魔力を目印に魔力を探知する事にしたのだった。

「あの男、バサラではなく『魔導機兵』の方からは精霊にも匹敵するほどの膨大な魔力が溢《あふ》れかえっていた……それを辿《たど》る事が出来れば」

彼女の中では〝膨大な魔力を持った魔導機兵〟という認識で『ラマテラス』を魔力により探知し始めると青い宝石は淡い光を放ちながらコロコロと転がっていく。

そして地図の西側、丁度もう少しで森林が途切れ砂漠へ変わる直前辺りでピタリと止まった。

その現在地が幸運にも国内である事にナディラはほくそ笑んだ。

「メリル・ロア、砂漠越えの町か！」

Chapter 3　三章　予測不能な関係値

初めて冒険者っていう、前の世界で名乗ったら部隊の全員に大笑いされそうな職業についた町『フラメア』を飛び立ってから大体三百キロという辺りで、この先は広大な砂漠になる事を確認……さすがに飛行機も鉄道もないこの世界であのお姫様が追って来る事は無いだろうと判断して、俺は森林の中へと着陸する事にした。

ここか先の砂漠を越えるにしても、食料も水も確保できるか分からないからな。

「モコモコ、ここいらで近くに町や村はあるか？」

「ん～……索敵範囲内には一つだけあるね。砂漠に入るチョイ前……地球での文明を基準に考えれば砂漠を渡る旅人の為にある町っぽいな」

「お～、俗にいうシルクロードみたいな？」

「かもね。実際この国の衣装はインドとかそっち方面に近い感じだったし、バサラも女の子の衣装にはグッと来てただろ？」

「アジアンビューティーって良いモノだよな……」

モコモコの言葉を否定する気は無い。

ヒラヒラでフワッとした薄手の布地の衣装を着こなす女性は老いも若きも洗礼された美しさを醸し出していて、特にサリーを身に着けた女性を目にした時は拝みたくなった。

「ここいらの周辺はどうだ？　魔物の生息とか……」

「いる事はいるけど、大物はあんまり……特にオーガみたいなヤツは皆無だね」

「あんなのがそこかしこにいたら、それこそゲームの世界だぜ」

想像上の怪物を扱ったゲームは人類が宇宙に上った時代になっても健在だったが、あれはやはりゲームだからこそのシステムなんだよな。

あんな巨大な魔物が跋扈《ばっこ》する状態だったら、あの巨体を維持する為にどれほどの食料が必要になるというのか。

現実だったら全て食いつくした後に餓死か。じゃなきゃ生存競争で同士討ちが関の山だ。

俺は『フラメア』の時と同様にモコモコにラマテラスの留守番を頼み、操縦席を分離させて町を目指す事にした。

「食料調達、情報収集、あとは探せるなら仕事も探さないとな～。新しい場所での新しい職探しは怠いけど」

「ボヤくなよ青少年。どこに行ってもお金は大事だよ」

豆柴《まめしば》のお見送りを受けながらホバークラフトで走り出した俺は、約一時間後には町の入り口に到達していた。

当然ホバークラフト自体は町に入る前に森林の中に迷彩機能付きで隠してある。

緊急時に呼び出す事も可能だが、まあ滅多に使う事は無い……そうあって欲しい。

こんなもんを自動で呼び寄せる事が出来るなんて衆目に晒《さら》した日にはどういう事になるのか想像もしたくないからな。

そして町に入る際にはしっかりと門番が歩哨《ほしょう》に立っていて、人々はしっかりと何らかの身分証明をし、そして通行料を支払っている。

俺の場合は冒険者カードを提示して所定の料金を払えばすんなりと通して貰《もら》えた。

この際にカードに何か魔力じみた力を使ったのか、滞在可能期間という文言が浮き上がっていて、正直言って地球の中世に比べれば遥《はる》かにセキュリティーがしっかりしているように思える。

まあ、なにやらやましい事があるような輩が規定よりも多めの金を払っているようにも見えるが……そこは口を出すべきじゃないんだろうな。

町に入るとそこそこの喧騒《けんそう》の中に目立つのは露店を広げた商人たちが活気よく売ってい

る数々のスパイスの山だった。

その光景は『フラメア』でも目についた光景で、どうやらこの国はスパイスの生産が盛んらしい。

今までの傾向からスパイスの値段は手ごろな感じではあるが…………そう言えば地球の中世頃はスパイスが金と同じくらいの価値で取引されていたとか何とか。

俺はふと思いついた事を確認するべく、目の前の恰幅《かっぷく》の良い髭《ひげ》の親父に声をかけた。

「らっしゃい、何にするね？」

「あ～……俺はこの国の出身じゃないからあんまり詳しくないんだが、森で狩った獲物にイイ感じのはどれかと思って」

こういう話を聞きたい時、商人に対してはまず商品の事を聞く事が第一だと俺は考えている。買う意思のある客を邪険にする商人はいないからな。

案の定商人は営業スマイルを崩す事無く、機嫌よく教え始める。

「そうさな……臭みを取りたいならこの辺、バジルやタイム。パンチ効かせたいならペッパーか山椒《さんしょう》辺りが定番だな。アンタ冒険者だろ？　ボアとかラビットになら俺がブレンドしたコイツがお勧めだぞ」

そう言って差し出した小瓶の入れ物には既に粉にして使えるようになっているスパイス

が入っていた。

了解を取って一つまみ舐《な》めてみると……なるほど、前の世界で食ったものと遜色《そんしょく》ない辛みと旨味が鼻から抜けて行く。

値段を見てみても、別に高額というワケでもない。

「うん、相場はよく分からんがこのくらいなら良いな。一つ買うよ」

「お、毎度！　な～に心配せんでもここいらでボッタくりやったら誰にも見向きされなくなっちまうから値段は適正だよ」

「ほ～ここいらでは？」

「おおよ、砂漠を越えた国ではコイツ等の値段は二十倍三十倍、下手すりゃ百倍なんて話もあるからな。この町に来た貿易商の連中は毎回大量に買っていくもんさ」

「百倍⁉」

そして笑いながら一番聞こうと思っていた情報を勝手に言ってくれるオッサン。

目の前のスパイスはグラム銅貨五枚とかそんな感じなのに……。

砂漠越えに海路での運搬、地球の中世同様に危険を伴う事だが俺には高速飛行可能な『ラマテラス』があるからな。

もしもここのスパイスを遠方で高額に売り払う事が出来れば……俺は内心で〝これは個

人的には大金になるかも〟とほくそ笑んでいた。

「オッサン、良い事教えてくれたからブレンドもう一つ貰うよ」

「お、そうか、毎度アリ！」

多分この商人も俺が余分に買いたがるように今の話を意図的に聞かせたのだろう。

こっちとしてはウィンウィンの商売なのだから文句もない、実に商売上手であるとしか思わない。

どんな思惑があっても笑顔で出来る取引というのは良いモノだ。

「……何やら悪い笑顔をしておるな。それは〝うまく他国で転売できれば一攫千金《いっかくせんきん》大金持ち〟と皮算用をして、砂漠で干上がるか盗賊に身ぐるみはがされる者たちと同等のものであるぞ？」

「……え？」

素晴らしき未来に思いを馳《は》せているというのに、そんな気分に水を差す女性の声……俺は振り返ってみて、予想外の人物がそこにいる事に声を失った。

「もっとも、お主であるならそれも簡単な事なのだろうな。一晩でこのような長距離を移動しておるワケだし」

「うえ⁉　あ、アンタは……」

そこにいたのは昨夜『魔導機兵』を操縦して体を張って民を守っていた時の軍服とは違う、フワッとした赤や黄の色合いが見事にマッチしたサリーを纏《まと》った王女様。

凜《りん》とした軍服も似合ってはいたが、本日の女性的なサリーの方が褐色肌の彼女には破壊的に似合っていて、普段であればそっちに気を取られそうなのだが……それ以上の疑問に気を取られてしまう。

大体にして『フラメア』からこの町まで約三百キロはあるのだ。

この世界の文明レベルでは軽く一週間はかかるハズだろうに、一日でラマテラスに追いついて来るとかどういう事なのだ？

いや、それ以前に何をどうやって俺がココにいる事を知ったというんだ？

前の世界の知識で言えば衛星軌道上からの索敵とか、そうでなければ単純にこの町にも彼女の手の者がいて電話に相当する連絡手段があるとかが思いつくのだが……。

「そのように人を幽霊《レイス》か何かのように見るな。こちらとしては『魔導機兵』ですら倒せない魔族を一撃で屠《ほふ》ったお主の方こそ怪物じみているというに」

「一体、どうやって……」

俺の言葉が〝どうやって見つけた〟と〝どうやって来た〟の二つを含んでいる事を察したのか、王女は得意げに口を開く。

「自慢ではないが、私は魔力探査には長けておるからな。魔力の索敵範囲がアスカラリム国内であるなら、魔力の反応は凡そ探査できる。さすがに個別に人物を判定する事は出来んが、お主の『魔導機兵』の膨大な魔力を探査するのであれば造作も無い事。圧倒的な魔力の反応を見つけ、城でも一番の飛行速度を誇る飛竜で単騎ここへ参上した次第だ」

「魔力探査に飛竜？　……イカン、何にも納得できねぇ」

どっちの方法も科学的な常識でしか生きてこなかった俺には理解できない存在だ。

魔力はさすがに目の当たりにしたから〝そういうもの〟として認識していたけど、ここに来て飛竜に乗って来たってか？

つーか今の口ぶりだとまるで俺じゃなくラマテラスの方に魔力があるみたいな感じだったが？

いずれにしても国内にいる限り見つけられてしまう方法があるのだとしたら、可能な限り遠方に逃げないといけない事に……。

「城でも五匹しかおらん特別な飛竜であるが、今回は相当無茶をさせてしまった。十分休ませてやらねばなるまい」

しかし警戒を強めていた俺だったが、彼女のその呟《つぶや》きが少々気になった。

飛竜という、地球で言うところの馬などと同じような感覚なのだろうが、まるで人間と同等の部下を労うような言葉に上から目線の傲慢《ごうまん》さは感じない。

「モコモコ、付近にお仲間の反応は？」

『……確実とは言えないけど、周辺に彼女の護衛とか監視の目を向けるヤツはいないね。この姫ちゃん、自称した通りマジで単騎《ひとり》で来てるっぽい』

「オウ……」

昨日の振舞いを見て王族でありながらも誠実さや信念を持っているタイプだとは思っていたが、加えて相当なお転婆要素も持ち合わせているお姫様のようだな。

地球圏でも敵味方問わず組織の上層部のクセに前線に出たがるのはいたもんだが、こういうのは世界共通、いや異世界共通なのだろうか？

「んで？　そんな長距離をお姫様が何の用なのかな？」

まあ理由なんてどう考えても俺の、と言うかラマテラスのスカウトしか無いだろう。

そんな予想を立てていたのだが、お姫様は不満げな顔になり予想外の事を口にする。

「……私が守るべきだった民を救って貰ったばかりか私自身も助けられたのだぞ！　礼の一つも言わせず去る事は無かろう。せめてそれぐらいは受け取れバカ者！」

「お？」

「国なんぞに絡まれる面倒は私自身嫌と言う程知っておる。お主の強大な力を目の当たりにして気にならんとは言わんが、無理強いするつもりは毛頭ない。その証拠に今日は私一人で参上したのだ」

そこまで言うとお姫様は姿勢を正してスッと頭を下げた。

「王族であるからと不快な言動を浴びせてしまった事……大変申し訳ありませんでした。そして民を、そして私たちを救っていただき、誠にありがとうございました。王族としてではなく、一介の兵士ナディラとして深くお礼申し上げます」

……驚いた、この世界の常識は知らないが、王族が頭を下げるなんて相当な事なんじゃ？それだけじゃなくワザワザ謝罪と礼を言う為だけにここまで追いかけて来たっていうのか？

王女としてではなく、一人の兵士、人間として。

俺は少々決まりが悪くなり、頭をガシガシ掻《か》いた。

「そうか……その辺はまあ、悪かったよ。こっちも事情があってね、俺もここに来てから日が浅いし色々警戒していたから。何の情報も得ていない内から組織に組み込まれるのは危険だと思ってたな」

「……なるほど、つまりお主…………いやバサラはこの国の事情は何一つ知らない異邦人なのだという事だな？」

そう言ってお姫様、ナディラは勝手に納得したように頷《うなず》くと、唐突にさっき俺が購入したスパイス屋に突撃して慣れた様子で色々なスパイスを購入、更に他の露店でも麦や野菜、鶏肉などを購入し始めた。

「お、おい？」

「色々と込み入った事情がありそうだからの。互いに人気のない場所で話す方が都合が良いだろう。私が自慢のスパイス料理を振舞ってやるから、お主の隠れ場所に案内せよ」

ニッと笑ったその爽《さわ》やかな表情にドキッとしつつ、俺は思わず呟いてしまった。

「……料理、できんの？　お姫様が⁇」

「中々失礼だの！　お主‼」

いらん一言にしっかりお小言を頂き、俺は町を離れて森林の中をホバークラフトで移動していた。

背後にお姫様、ナディラを乗せて。

……何だか妙な感じだ、もう誰とも交流を深めるつもりは無かったというのに。

初対面では偉ぶった癪《しゃく》に障る人種だと思っていたのに、わざわざ遠路はるばる謝罪と礼の為にこんな場所まで来てしまうお姫様と話していると、どうしても放ってはおけないというか……。

　地面から浮かび上がり高速移動する不思議な乗り物に、彼女も最初こそ戸惑っていたようだったが、すぐにスピードにも慣れ始めて楽し気にはしゃぎ始めていた。

「凄《すご》いなこの乗り物は！　自分で操作できるし『魔導機兵』よりも遥《はる》かに速い。私も是非とも一つ欲しいぞ！」

「コイツだけは譲るワケにゃ～行かないな。この世界で同じモノが作れる保証はないし」

「……この世界？」

「ああ、いや……こっちの話」

　そんな感じでお姫様としばらく森林を進んで行き大体一時間くらい、丁度岩山と小川が見えて来た辺りで俺はホバークラフトを停止する。

　そうするとナディラは岩山の方向に視線を向けて怪訝《けげん》な表情になった。

「？　途轍《とてつ》もない魔力の気配……精霊すらも凌駕《りょうが》しそうな程の強大な存在を感じるというのに、何も見当たらない？　一体これはどういう事なのか？」

「やっぱお姫様の言ってた魔力の元ってのはラマテラスの事みたいだな。もしかしてASエンジンのパワーを魔力として認識してるのか？」

「ラマテラス……それがあの白い巨人、バサラの魔導機兵の名か」

「魔導機兵か。まあ正直前の場所でもコイツのエンジンは未知数なところもあったのは否めないけどよ」

人工太陽炉《ASエンジン》は『神坐《かみざ》の民』でも完全に制御出来ていたワケではない未完成品でもあったからな。

太陽神アマテラスにレプリカのRを冠した模造の太陽『ラマテラス』にこっちの世界での常識『魔力』が備わっているとしても驚くところじゃないのだろうか？

「……モコモコ、迷彩解除を頼む」

「ふわ!?」

俺がそう言った次の瞬間、ナディラが見つめる視線の先、今まで何も無かった空間にゆがみが生じ始めて巨大な白い姿が現れる。

現在は飛行モードであるので見る者が見れば、鋼鉄の巨大な鳥のように見えるんじゃないだろうか？

案の定というか、ナディラは魔力で〝そこ〟に何かあるのは分かっていたようだが、突然姿を現したラマテラスの巨体に目を丸くする。

「なな、何も見えなかったのに……突然!?」

「お姫様みたく魔力で探知されるなら意味はないだろうが、周囲の映像を連続で機体に映し出す事で視覚を誤魔化す事が出来るホログラフィック技術ってヤツだ。敵地の潜入とかには重宝されてたんだぜ？」

　完全にラマテラスの姿が露わになると同時に、コックピットの中からピョコッと一匹の豆柴《まめしば》が飛び出して来た。

　そしてチョコンと地上に着地を果たした豆柴のモコモコは、つぶらな瞳《ひとみ》に尻尾《しっぽ》をフリフリしつつナディラを見上げる。

「へぇ〜、女の子とツーリングとはやるねぇバサラ」

「人聞きの悪い事を……ってか全部バイザー越しに見て聞いていただろうが」

　モコモコの揶揄《からか》い交じりの軽口に思わずため息が漏れるが、コイツの登場からナディラが一切動いていない事に気が付いた。

　いや動いていないワケじゃない……ガン見しているのだ。

　女子受けを狙って故郷の親友が制作した豆柴の事を。

「あれ？　どったのお姫様？」

「え……あ……ああ……」

「え〜っと、初めまして。僕はモコモコ、バサラの相棒にしてラマテラス操縦のサポート役でもあるスーパーでキュートなロボット犬で……」

　そして自己紹介をするモコモコなのだが、次第に興奮したように顔面が紅潮して手が震え出すお姫様の姿をみて、俺は確信した。

ああ、この王女様……犬派なんだなと。

「モフモフ……しゃべるワンちゃん………」

フラフラと、おずおずとモコモコに手を伸ばすナディラであるが、モコモコは女子受けを狙って作られただけはあり、こういう時の正解はよく分かっている。

チョコチョコと自分から近寄って撫《な》でられやすいように顎《あご》を引いて待ちの姿勢、少し躊躇《ちゅうちょ》するナディラを上目遣いで〝あれ？　撫でてくれないの？〟的な瞳で見つめ、そして手が触れると気持ちよさそうに目を閉じてペロペロと舐《な》める。

……まあ大体これで堕ちない犬派はいない。

「は……はあああああ！」

これまであった高貴な言い回しだの凛《りん》とした雰囲気だのを、どこかに放り投げたナディラが豆柴に頬ずりを始めるまで数秒はかからなかった。

う～ん、相変わらずの名ホストだなぁ。

それからしばらくの間豆柴をモフり続けたナディラだったが、その内冷静になって来たのか恥ずかしそうに豆柴を下ろして最初の目的でもある料理を始める事にしたようだ。

「さてと、まずは竈《かまど》を作るか。適当な石を集めて……」

「竈？　って、ああ焚火《たきび》をして煮炊きしようって事か？」

「当然であろう？　そうしなくては火が使えん」

それはアウトドアで暖を取ったり調理したりするには至極真っ当な方法。

実際科学文明全盛の元の世界だって、屋外で活動する時にはそういった昔ながらの方法は身に付けておく必要はあったからな。

しかしその方法は竈を組んだり薪を集めたり火の始末をしたりと、面倒が多いんだよな。

「お姫様、だったらこっちの方が手っ取り早いぞ」

「……ん？　こっちの方？」

おれは不思議そうな顔になったナディラが持っていた鍋《なべ》を受け取ると、ラマテラスの水平になった外装に置いて愛犬に言う。

「モコモコ、ラマテラスの放射熱をイイ感じに頼む」

「やれやれ、メカニックの連中が聞いたらぶん殴られるよ？」

実際にそうだろうな。

ＭＪ《メタルジャケット》の機能を調理に使っているなんて言った日には鉄拳《てっけん》制裁待ったなしだろう。

そして鍋を置いて数分もしない内に湯が沸いて来て……ナディラはその光景に目を丸くする。

「なんと……火も使わずに湯が沸いた！」

彼女としては火も使わずに料理が可能という事自体が信じられないようだが、こっちとしては彼女の料理の腕の方にビックリした。

何しろ手際が良い。

野外だというのに包丁さばきも見事で、特に目を見張るのはさっき購入してきたスパイスの扱い……俺だったらせいぜい焼いた肉に振りかける程度だろうに、要所要所で肉にまぶしたり鍋に投入したり、工程を繰り返すたびに何とも言えない香りが漂って来る。

「野外の煮炊きに『魔導機兵』を利用するなど考えもしなかった。応用の幅も含めて私の常識外の代物であるな」

「いや～俺としてはそっちよりも料理の方が気になって仕方がねぇよ。物凄《ものすご》い暴力的に良い匂いだなぁ」

「そうか？　あまり凝った料理ではないのだが……」

鍋をかき混ぜつつ謙遜《けんそん》するナディラだったが、彼女の足元で豆柴が余計な暴露をする。

「いやいや、バサラはあんまり自炊しない口でね。大概外食か、さもなきゃ狩って来た肉を焼くか煮るかで済ませてたから。ハッキリ言ってバランスが悪いんだ」

「むう、それはイカンな、戦士たるものの健常な肉体の維持も仕事の一つ。肉以外にもしっかりと野菜も取らねば」

「……何かいつの間にか仲良くなってんな」

出会いから少しの間で既に通じ合っているのか、俺の食生活をネタに意気投合する姫と犬の姿は最早マブダチのそれである。

そして出来上がったのはスパイスをふんだんに使った赤色に近い刺激的な色合いだが、食欲をそそる香りのスープ。

一見凄く辛そうにも見えるのだが、一口含むとあれだけ使われたスパイスが名脇役に回って素材の味を殺す事なく、広がるのは野菜と肉の旨味をより引き立てる見事な調合。

そんなに味にうるさいワケでも無い俺だが、このスパイスの扱いの巧みさはまさに名人。

俺は思わず一気に一杯を平らげてしまってから、ようやく口を開いた。

「すげえ、うまい……コイツは驚きだぜ。お姫様なんて料理どころか包丁すら握った事のない人種だと思い込んでいたが……」

素直な賞賛の言葉に気を良くしたのか、ナディラもスープを食べながら得意げに笑う。

「ふふん、アスカラリムではスパイスを扱えて初めて一人前と言われるからの。確かに位の高い連中には自分で料理もせぬ輩はいるが、戦場を知る者であれば調理は味の面だけではなく健康面、更に毒消しの意味でもスパイスの調合は不可欠な技能なのだ」

「なるほど……要するに味だけじゃなく漢方としての知識も持ち合わせているって事か」

実際地球でもスパイスは調味料というだけでなく生薬、漢方の側面もあった。

異世界だからと魔法だの方に意識が向きがちだったが、こういった文化の違いや長所を見る事を忘れてはいけない。

そのスープはそんな大事な事を思い起こさせる。

「お代わり貰《もら》っても？　や〜っぱ非常食のレーションに比べると、こんなまともな飯が食えるだけでもありがたいよな〜」

「なんだ、そのれーしょんとは？　そんなにマズイ食い物なのか？」

「食ってみる？」

興味を持ったらしい彼女に俺は少々のいたずら心も踏まえて、ラマテラスに常備してあったレーションを一欠け分けてやった。

見た目は棒状の焼き菓子にも見えなくないそれを、しげしげと眺めてからナディラは思い切って頬張り……一瞬にして表情を無くした。

そしてスープを掻《か》き込んで無理やり飲み下す。

うん、ひじょ〜によく分かるその気持ち。

期待通りの反応に俺は思わず吹き出していた。

「くく、分かる分かるその気持ち。俺達も非常時だからこその食い物だけど、これを喰《く》いたくないからこそ非常事態に陥らないように頑張っていたと言っても過言じゃねーよ」

「な、何なのだ、この果てしなく味のない物体は。固めた木クズでも口に入れたのかと錯覚したぞ？　これまでの人生で間違いなく一番のパサパサ感である」

「ただ栄養価と保存性だけは高いんだぜ？　あくまでも生存を優先した食い物で味は二の次どころか一切考慮されてね～けど、コイツ一つだけで一週間は食い繋《つな》げられるんだぜ？」

「兵站《へいたん》の乏しくなる戦場では重宝されそうではあるが、兵士の士気は著しく低下するだろうな。これが常食であるなど」

「よくご存じで……」

結局人と人が理解し合う為の条件は共感なのだろうな。

ともに同じ食事をして旨いマズイを同じように味わい語るだけで、目の前のお姫様に対する気持ちは昨夜とは逆転してしまうのだから……我ながら単純なものだ。

「さて……そろそろ聞いても良いだろうか？　この巨人『ラマテラス』については初めの内はわが国よりも魔導技術の進んだ国、それこそ帝国などが作り出した魔導機兵などと考えたが、これまでのお主の言動、技術、そして何より戦闘力を鑑みても私の常軌を逸している。バサラ、お主は一体どこから来たのであるか？」

そう言う彼女の瞳《ひとみ》はどこまでも真っ直ぐで、言葉遣いは少々硬いが上からという事も無く同じ目線で話そうとしているのが分かる。

断られたら仕方なし、無理に聞き出すつもりは毛頭ない……昨日の連中とは明らかに違う態度なのだ。

思えば昨夜も彼女は言葉遣いはともあれ、見下すつもりは無かったのだろう。

「教えても良いけど、どう考えても荒唐無稽《こうとうむけい》。俺を頭のおかしい誇大妄想野郎としか思わない話になるけど……それでも聞くのか？」

再確認すると、彼女は瞳を揺るがす事なく頷《うなず》いてみせた。

「大丈夫だ。昨夜から今まで私の常識の埒外《らちがい》な出来事ばかりで今であればたとえ詐欺師の妄言であっても受け入れる自信はあるぞ！　この際一気に聞いてしまった方が受け入れも良さそうなのである」

「……それって王族にとっては致命的にダメなヤツじゃね～のか？」

裏表のない真っ直ぐな性格と言えるのだろうが、なんだか心配になるお姫様だな。

「じゃあ、そうだな……等価交換と行こう。俺からも聞きたい事があるからお姫様に答えて貰い、その対価に俺からも話をしよう」

「聞きたい事であるか？　しかし私は情報通とは程遠い一般的な事しか答えられんぞ？

王族とは言え機密事項を知る立場ではない故……」

王族として立場が低い、そんな自虐的な独白でナディラは落ち込みかけるが、生憎《あいにく》俺はそんな部外者が知るべきじゃない情報なんぞに興味はない。

……ってか知りたくないそんなもん。

「心配いらない、俺が欲しい情報はそれこそお姫様が今言った一般常識の方でね。異邦人としてはそういった知っていて当たり前の事こそ知りたいのさ」

「……そんな事で良いのか？」

「こっちとしては結構重要な事でね。ここまでこっちの技術を見せてしまったお姫様に聞くのが一番手っ取り早く、かつリスクが少ないのさ」

ハッキリ言ってしばらくこの世界で過ごして軽く魔法だの魔物だのに触れる機会はあったが、詳細に誰かに聞ける機会には恵まれていなかったからな。

ラマテラスの存在を見られた以上、お姫様にその辺を等価交換で聞き出すのは必要な事だろう。今後の事を思えば……。

「では、こちらからも条件……というかお願いをしても良いだろうか？」

「なに？」

「いい加減私の事を〝お姫様〟と呼ぶでない。会話に敬語を使う気すら無いのに敬称で呼ばれても違和感しかない！」

＊

それからまず、俺の身の上を語る事になった。

お姫様……いやナディラは当初俺の話が自分の常識からあまりにぶっ飛んでいたせいか、実に間の抜けた顔になっていたが、次第に興奮した表情を見せ始める。

世界の異なる、魔法の無い科学の世界。

科学の力で宇宙へ到達した人類が、様々な兵器を開発しＭＪを作り出して人類同士の激しい戦争へと発展した歴史。

そして最終決戦で大爆発に巻き込まれたハズの俺がこの地に降り立ち……現在に至る。

一通り話し終えると、ナディラは呆《ほう》けたように口を開いていた。

「無理に信じる事はないぞ？　俺がこの世界に馴染《なじ》めてないのと同様にこんな話は理解不能で壮大なホラ話と考えるのが普通だからな」

しかし俺がそう言うとナディラは開きっぱなしの口を閉じ、予想外な事を言い出した。

「いや、信じない事はないぞ。何しろ異なる世界からの来訪は精霊や魔物を例に取れば召喚という形ではあるのだからな。さすがにバサラのように、人間が巨大な兵器ごとというのは聞いた事が無かったがの」

「……へ？」

「しかし宇宙とな？　あの遥《はる》か天空の先に大地よりも広い世界が広がっておるというのか!?　人はか弱く小さき存在とは知っておったが、強大であると信じて来た王国も帝国も、更には魔族も精霊も太陽さえも小さくなるほどに広い世界があるというのか!!」

「え!?　驚くのそっち？　と言うかそんな簡単に信じて良いのか??」

あまりにも簡単に知らなかったハズの宇宙の概念を信じる彼女に、やはり少々心配になってしまうが、そんな俺の心配をこっちの世界の常識で彼女は笑い飛ばす。

「今のバサラの話を聞いても精霊たちが否定する事はなく、むしろその事を知った事で私の魔力が向上した！　正しき知識は魔力の伝達をスムーズにしてくれる。ゆえに宇宙の存在が正しいと精霊が認めておるのだ」

「…………あ～、そうっスか」

正しい知識があれば正しく家電が使えるのと同じような感じなのか？

いまいち理解が及ばないけど、ここで話の腰を折っても仕方がない。

「まあそんなワケで、俺は向こうの世界の科学技術の兵器、最新試作機ごとこの世界に飛ばされた、魔法なんかおとぎ話でしか聞いた事のない異世界人ってワケ。魔法なんぞ扱う技術も無けりゃ一般知識も皆無、そんな人間でも扱える殺戮《さつりく》兵器なんて戦争の火種にしかならんだろ？　そんな理由で、俺はコイツをあんまり衆目に晒《さら》したくないのさ」

「なるほど……バサラの言い分はもっともだな。実際魔族に対抗する為に開発された魔導機兵とて犯罪に利用されるケースも多発しておる。不用意な技術漏洩《ろうえい》は余計な火種にしかならんな」

さすがに王族であるナディラにはこの辺の機微は伝わったらしく、先ほどの興奮を引っ込めて難しい顔になった。

「細かい事を出すとキリが無いけど、俺の身の上はこんなもんかな？　纏《まと》めれば別世界の厄介事を持ち込んだ厄介者だと思ってくれて間違いない」

「己の厄介さを分かった上で厄介事にならんように振舞っているだけマシであろう？　確かにあのような接触をすれば拒否され逃げられても仕方があるまい。むしろ私はこのラマテラスの持ち主がバサラで幸いであったとすら思う」

為政者としての立場からもため息交じりにそう評価してもらえるのはありがたい事だ。人間の心理的に強い力を所持したい、人に渡したくないと考えるのが普通なのだから。

ナディラはそう言うと傍らに座り込んだモコモコの頭を優しく撫《な》でる。

「人の技術は恐ろしくも不思議なモノ。一撃で魔族を屠《ほふ》れる兵器を生み出す世界の技術で、このように愛らしい子すら作り出す。本音を言えば、私はこうした平和利用の方が性に合っておる」

「正直言えば……俺もそうだったんだけどな」

「おや、そうなのか？　あのような見事な戦闘技術を披露されては生粋のエリート軍人であるかと思っておったが……」

「止むに止まれずって事さ。故郷が焼かれなければ俺はコイツに乗る事も無く、のんびりと農業機械やロボットのメンテナンスに勤しむ田舎者でしかなかったはずだから」

「必要だから、やるしかなかったから、という事か………」

「そんな立派なもんじゃねぇ。ただただ憎かった、大事な人も場所も全て奪いやがった連中を全て天から叩《たた》き落《お》としてやりたかった。ただそれだけの事だ」

「なるほど……バサラは私などには想像も付かぬ地獄を潜り抜けて来たのだな」

そう呟《つぶや》くとナディラは、いつの間にかまた抱き上げていたモコモコを膝《ひざ》の上に乗せたまま気を取り直したように居住まいを正した。

「では、返礼として今度は私がこの国、だけではなくこの世界について説明をする番であるな。しかし予想外にバサラがこの世界について何も知識が無いようだからの……どこから話したモノか？」

「すまんね、こちとら部外者の無知蒙昧《むちもうまい》なもんでね。こっちの常識すら分からんのだ」

「そう自虐する事も無かろう。お主はいわば未開の地に放り出されてしまった迷子のようなもの。……迷子と言うにはいささか灰汁《あく》が強いがな」

苦笑を交えながらモコモコの顎《あご》の下を撫でつつ、ナディラは思案しながら説明を始める。

「まずは基本的な事、ここは大陸の南東に位置する王国アスカラリム。知っての通り香辛料の産業が盛んな小国であり、私はその王国の第二王女に当たる」

「小国の王女様……ね」

自らの国を小国と言い切れる辺り、彼女を含めたこの世界の人々は大陸の広さをある程度理解できているようだ。

地球上の歴史でも正確な地図を理解できている事は非常に重要な事で、他の国を知らずに自国がどこよりも大きいと思い込んだ結果戦争を仕掛けて自滅した、なんて事例もあるくらいだからな。

そう考えるとこの世界の技術力は結構高いという事になる。

俺は一度この世界を上空から見下ろして、他の国々よりも小さめである事を確認できたが、この世界でも同じような事が出来たという事か？

お得意の魔法を使って……。

「その反応を見るに既に知っておったようだな。この国の国土がどの程度なのか」

「ん……まあな。こちとら空を飛べるからな、ホレ」

「⁉」

俺がそう言いつつ端末で上空から走査、撮影した大陸全土の地図を見せてやると、彼女は驚愕《きようがく》に目を見開いた。

「なあ⁉　この世界に現れてからそう日は経っておらんのに、既にこのような精巧な地図を⁉　一体どうやって……」

「だから空飛んで上から見ただけだってば」

「あの火力に加えてこの索敵能力、お主だけは絶対に敵に回したくないの」

「そんな予定はないから安心しろって。むしろこっちとしては科学的根拠の不明な方法で一晩でアッサリと発見された事で同じ気分なんだからよ」

聞いている限りじゃ電波妨害やらステルスやら、科学的に説明可能な隠蔽《いんぺい》方法が使えない魔法って技術の方が恐ろしく感じるんだがな〜。

そんな事を思っていると、ナディラは端末に映る大陸の南東部を指さした。

「おお、ここが我が国アスカラリムであるな！」

「砂漠と海に囲まれた国、基本的な外交手段は海路だと思うけど？」

「その通り、よく分かったな。砂漠を越えるのはリスクが高いからの、海路に食い込めない商人や一攫千金《いっかくせんきん》を狙った者たち以外は砂漠越えをしようなどと考えん」

なるほど、つまりは海路は既得権益を持った者の独壇場、その他は命がけで砂漠を越えるしかないという事か。

「大陸には帝国や聖国など多くの国が存在しているが……その辺は追々で良かろう。では次がお主が一番気になっている魔法についてだな」

「お、待ってました！」

この世界に来てから一番知らなきゃいけないと思いつつ、どうしても己の科学的常識にとらわれて理解を拒んでいた現象『魔法』であるが、いい加減そんな事も言ってられん。

「魔法を語るにはまず魔力についてからだな。魔力とは万物全てに宿る力であり、生命力と同義であると語る専門家もおるが、大まかに言えば生きとし生ける者に宿る不可思議な力と思って良いだろう」

「……案外ザックリなのな」

「そう言ってくれるな。ハッキリ言えば私とて全てを理解した上で魔法を行使しているワケではないのだからな。使えるから使っているに過ぎん」

そう言いつつ人差し指にポンと小さな火を灯すナディラに、俺とモコモコは思わず「「おお〜」」と拍手を送った。

まあ考えれば地球上の人類だって大抵そうだよな。

使えるから使う、仕組みや構造をちゃんと理解した上で使っている方が稀《まれ》だ。

「ただ、生物の持つ魔力には所持できる容量に違いがあり、才ある者であるなら当初からその魔力容量も膨大で、修練次第では更に大きくする事も出来る。そのように魔力容量が大きく魔法を行使する事の出来る者を魔導師と呼ぶのだ」

「魔導師……それは修練次第で俺でも使えるようになるもんなのか？」

未知の力を前に少しだけ期待してしまうが、ナディラは若干申し訳なさそうに眉《まゆ》を顰めてみせる。

「残念だが、生まれつき魔力容量が小さい者は修練を重ねても魔導師に至れる例は稀だ。バサラの魔力量では残念であるが……」

「そうか……ちぇ〜、新たな力の覚醒《かくせい》！　とか少しだけ期待したのにな〜モコモコ」

「ムリムリ、バサラみたいな科学で凝り固まったヤツにファンタジーの定番である魔法なんか使えるもんかい。僕だったら可能かも、だけど」

「お前こそ科学畑の出身だろうが、豆柴《まめしば》ロボット」

冗談めかしてそう言うと、ナディラは俺たちが言う程ガッカリしていない様子にホッとしたような顔になった。

「魔法には属性というモノがある。一般的なのが火水風土、そして希少な光と闇……であるがこれも今のところ全部なのか判明はしていない。未だ独自の魔法を行使する者は多く存在するからの。更にこの属性も個々人によって得手不得手が分かれる」

「あ、あれでしょ？　火の魔法が得意な人は水の魔法が苦手、みたいな！」

「ほう、賢いな君は」

モコモコがちょこんと前足を挙げて答えると、ナディラはニッコリ笑って挙げた前足をニギニギしてやる。

それは多分地球の創作物の知識から想像したのだろうな。

本人の言う通り、よっぽどコイツの方が魔法に適性がありそうにも思えて来た。

「実際属性をいくつも持つよりも一属性に特化した者の方が威力の高い攻撃魔法を使える例は多い。ちなみに私は火水風土の四属性を使える器用貧乏だが、オールマイティなだけに威力は各々それ程でもない」

「しかし何で他の魔法も使えるだけで一属性特化よりも威力が落ちるんだ？」

「……一説では属性に宿る精霊に気に入られるからと言われておるな。精霊は中々に吝《りん》嗇《しょく》で自分とは違う属性を扱う者を低く見るとか」

「精霊……」

またも前の世界で聞いた事はあっても物語や伝承だと認識していた存在をアッサリと実在すると言われて思わず口に出してしまう。

俺のそんな反応で察してくれたようでナディラは精霊についても説明を加えてくれる。

「精霊は自然に存在する魔力そのモノ、我らの世界とは異なる世界『精神世界《アストラル・サイド》』に存在する意志を持った魔力の集合体ともとれるかの。さっきは生命があるから魔力があると言っておいて矛盾しているように聞こえるだろうが」

「ん……まあ確かに」

まるで卵が先か鶏が先かみたいな問答だが、そこを一々突っ込んでいては話が進まん。

平たく考えて前の世界であったゲームのように〝力を貸してくれる各属性の凄《すご》いヤツ〟くらいに考えておいた方が良さそうだ。

「それでは次に魔法として発動するのではなく魔力をそのまま力に変えるやり方である。もっとも一般的なのがいわゆる身体強化、または能力の減衰などが主だった効能なのだが……言葉で言われても実感は難しいであろうな」

「まあね、言わんとすることは何となく分かるけど」

「え～簡単じゃん、要するにRPGのバフとデバフってヤツでしょ？　味方の攻撃力強化で敵の防御力低下、攻撃力四倍みたいな！」

ロボのクセに、いやロボだからこそか？　ゲームと繋《つな》げて考えるモコモコの方が理解が早いようだ。

いや、単純に俺より素直なだけかもしれないが。

「ふむ、私自身話していて魔法について自分でも分かっていない事を再認識させられる気持ちだからの……ここは実際に体験してもらうのが手っ取り早い」

俺のいまいちな反応にナディラは良い事を思い付いたとばかりにポンと手を叩いた。

「急ではあるが、一度パーティーを組んで狩りでもせんか？」

「…………は？」

そんな彼女の提案により、俺達は急遽森《きゆうきよ》の魔物相手に戦闘をする事になった。

再びホバークラフトに二人乗りになったのだが、今回は魔法の力を実感する名目で機械的な索敵機能を全てカット、魔力によって誘導してくれるナディラに全て任せる事になった。

しかし道中どこを見ているのか、何を見ているのかサッパリ分からなかったというのに背後から「あっち」「そこを右」など言葉に従っているだけで、大体十メートル先の茂みに目的の巨大な猪みたいな魔物が姿を現したのには驚くしかなかった。

「うお⁉　本当にいた！　凄いな魔法……生身の単体でこんな素敵も可能なのか」

「私としては鼻が良くて足も速いホワイトファングにこうも易々と近づけてしまうこの乗り物が信じられんよ」

互いに違う世界の技術の違いに驚き合うしかない俺達だが、今はまず目の前の獲物に集中しなければ。

ホワイトファング、それが巨大猪の名前のようだが名前負けする事のない立派なキバが下顎《したあご》から二本伸びていて、あの巨体で突撃されたら一発で吹っ飛ばされるであろう。

だが匂いに敏感というワリに、不思議な事に未だにこっちに気が付いた様子はない。

「鼻が良いのにこの距離で人間の匂いに気が付いてないのか？」

「接近する為に微弱だが風の魔法を流しておるからの。こっちの匂いは向こうにはまだ届いてはおらん。とは言えこのままでは体験にはならん」

そうナディラが言った途端に周囲の風が止んだ。

なるほど、ホワイトファングに気取られないように人間の匂いを逆側に流していたという事か……何でもありじゃん、魔法。

止められて初めて気が付く程度の本当に微風だったようだが、効果は絶大だったようで風が止んだ瞬間にホワイトファングはビクリと周囲を見渡し始める。

そして人間の、俺達の存在を確認した瞬間に取った行動は攻撃ではなく逃亡、急速に巨体を反転させると猛スピードで走り始めたのだった。

「お、賢い、逃げた！」

「ホワイトファングの最も厄介なのがこの辺である。害獣として畑を荒らす事もあるが、一度覚えたエサ場には再び現れ、そして人に見つかれば逃亡する。巨体のワリに足が速いのは見ての通り」

「う～む、その辺は故郷の畑事情とあんまり変わらないな」

でも、だからと言って下手に手を出すと反撃を喰らう。

地球での猪だって一メートルほどの大きさでも毎年怪我人が続出するというのに、あのホワイトファングは優に三メートルはある。

この距離であのスピードでは人間の足では追いつけないだろうな……そんな事を思ったところでナディラは信じられない事を口にした。

「ではバサラよ、この〝ほばーくらふと〟から降りよ。自らの足でヤツを追いかけ仕留めるのだ」

「はあ？　あのスピードのデカブツをここから？」

「だから言ったであろう、体験してもらうと。このままお主の乗り物で追いついても意味が無かろう、身体強化《ブースト》！」

「⁉」

ナディラがそう言った瞬間、自分の体に何やら〝力〟が流れ込んで来たのを感じた。

それこそが彼女の豪語する魔力なのだろうと予想は付くが、どちらかと言えば俺は部隊の戦友が待機時間に読んでいたバトル漫画を思い出してしまう。

全身から炎を出しているみたいな演出の……そんな事を考えて、勝手に恥ずかしくなる。

「お……おおお⁉」

「これが魔力を直接作用させる一般的な魔力運用である身体強化。魔力により一時的に身体能力を向上させる方法である。ほら、追いかけてみよ」

「あ……ああ」

ホバークラフトを停止させ、言われるがままに足を踏み出してみると、自分の感覚とはまるで違うスピードで景色が吹っ飛んでいく。

それこそ五歩は必要なハズなのに一歩で進めてしまうかのように。

「……は？」

「ブギイイイイイイイ‼」

そして絶対に追いつけないと思っていたホワイトファングにアッサリと追いついてしまった！

敵の接近に向こうも驚いているみたいだが、こっちだって似たようなもんだ。

何なんだコレ？　ドーピングとかそんなチャチなもんじゃねぇ！　生身の体にＭＪのスラスターでも装着されたような、あり得ない走力の向上。

実際にそんな事をすれば全身がバラバラになるだろうが、この身体強化魔法とやらにはそんなフィードバックも感じられない。

あり得ない感覚に戸惑っていると、ナディラが笑顔で俺に追いついてきた。

何故かホバークラフトを運転して……。

「ではこのまま攻撃してみよ！　無論光を放つ飛び道具ではなくこの武器を使ってな！」

そう言って投げ渡して来たのは鞘《さや》に納まったままのカトラス。

彼女の愛刀のようだが、俺は刃物の戦闘は専門外なんだが……っつーか。

「おおい!?　何勝手に運転してんだよ!!」

「良いではないか！　いや～自らの足ではないのにこのスピード感はたまらんのう」

「……壊すんじゃねーぞ、ったく！」

楽し気なお姫様にそれ以上言える事はなく俺は渡されたカトラスを抜き放ち、そのまま並走するホワイトファングへと斬り掛かった。

通常猪を仕留めるには心臓か頸動脈《けいどうみやく》を狙うのがセオリー、それは分厚い脂肪の壁で肉体が守られている事から貫く事が難しいからなのだが……俺はその事を知りつつも、このまま行ける気がして、そのままカトラスをホワイトファングの首へと振り下ろした。

「ギ……」

次の瞬間にはホワイトファングの頭が宙を舞い、走り続けていた巨体は止まることが出来ずにそのまま木に激突、ようやく動かなくなった。

俺はその光景を、自分がやった事なのに信じられない思いで見ていた。

「メチャクチャだな、こんな雑なやり方じゃ故郷では猪一匹狩れやしないのに……」

「分かったかの？　コレが魔力運用の力の一端。魔法を扱わぬ戦士たちもこの身体強化を会得し戦いに利用するが、反対に身体強化、または魔法を使い人間に害をなす存在を総称して魔物と呼んでおるのだ」

メイジゴブリンのように魔法を使って来るのは分かりやすかったが、他の魔物も魔力を使っていたなんて、教えられなきゃ分からんかった。

そして体験してみてその恐ろしさも如実に実感できる。

俺がそんな風に改めて魔法の脅威を感じている間、ナディラは得意げにホバークラフトをウィリーさせて乗り回していた。

「……ところでよく運転できたな」

「見様見真似ではあるが……走るのみなら意外と簡単であるな！　ますます私も欲しくなって来たぞ、キャッホー!!」

「何度でも言うけど、やらんぞ？」

さて、こういった魔物を狩った場合、後始末が大事らしい。

放置して別の魔物の餌になるのは自然の摂理ではあるが、人里の近くであると魔物を呼ぶ原因にもなりかねない事から焼却、もしくは埋めるなどの処理が推奨される。

だが、ホワイトファングはそこそこ高値で取引されるそうで、牙《きば》や毛皮は勿論《もちろん》の事、肉は中々うまいらしく放置するのは勿体《もったい》ないとか何とか。

今までゴブリンなどの魔物は最終的にラマテラスのライフルで焼却処分をしていたのだが、そんな事を聞けば勿体ない精神と旨い肉が食いたいという本能的欲求が湧き上がる。

ただ血抜きとかの処理をしようかと思った矢先、ナディラが魔法を使ってあっという間に血抜きを終わらせてしまった事に、またも驚愕《きようがく》させられた。

「す、すっげ〜な、こんな短時間で血抜きを終わらせるだなんて……魔法ってヤツは何でもアリなのか？」

「そこまで大層な事ではない、水魔法の応用というだけの事。無論生命活動をしている生き物には不可能であるが、死骸《しがい》であるなら血液を水と同様に操る事も可能というワケだ」

「君は本当にお姫様なのか？　下手すれば平民よりもサバイバルに向いてるんじゃ……」

「伊達《だて》に部隊を率いておらんからな。これでも部隊一、食料の扱いには長けていると自負しておるぞ！」

お姫様っぽくない、本来なら不敬でしかないハズの俺の発言にナディラは一層嬉《うれ》しそうに胸を張って得意げになる。

その後も内臓の処理も手際よくこなし、ホバークラフトに括りつけるところまでほぼナディラがメインでテキパキとこなし……本当に高貴なお姫様なのかと疑いたくなって来た。

「良い部分は少々確保したが、やはり一気に食べるワケにはいかんだろ？　保存用に燻製《くんせい》にしても良いが……」

「いや、それで良い。ラマテラスに冷蔵庫なんて無いから余らせれば悪くなるだけだし」

そうして一通りの作業を終わらせた彼女だったが、やはり作業が作業なだけに所どころ血で汚れていて、衣服も結構なシミが付いていた。

「それよりも、随分汚れちまったな……替えの服とか持ってるのか？」

「む？　……そう言えば久々に解体をやったからの、返り血を気にしておらんかった。ここには急いで参ったから替えの服も無い。水浴びでもしたいところだの……」

「水浴びって……」

いやこっちの世界的には別に不思議ではないのだろうが、周辺に魔物も跋扈《ばっこ》する屋外での水浴びというのはどうなのだろうか？

サメのように血の匂いに寄って来る水生生物がいたとしてもおかしくは無いような……。

「何ならシャワーでも使うか？　ラマテラスの熱を利用して簡易的なシャワーを作る事は出来るけど……」

「む？　シャワーとな？」

それから再びラマテラスの元に戻った俺は変形機構で片腕だけを露出させてシートをかぶせ、簡易的なシャワー室を作る。

放射熱の応用で料理が出来るのと同様に小川から汲《く》んだ水で大量の温水を作り出して散水すればシャワー代わりにもなる。

ラマテラスは意外と利便性に優れている機体なのだ。

まあそれでも屋外には違いないのだから多少は躊躇《ちゅうちょ》するかと思いきや、設置した傍からナディラは満面の笑みで簡易シャワーを使い始めた。

王女というワリに脱ぎっぷりに躊躇いが無く、むしろこっちが恥ずかしくなってしまう。

「おおお……凄《すご》いぞバサラ！　このような森の中なのに温かい湯を浴びる事が出来ようとは！　ハッキリ言って城の浴場よりも使いやすいぞ!!」

「……そりゃどうも」

テンション高めにシャワーを浴びる彼女の傍らで、俺は俺で彼女の服を手洗いする。

こっちもこっちで女子なのだから嫌がるかと思えば「うむ！　よろしく頼む！」と放り投げて来たのだ。

この辺は女子云々よりも王女として人を使う事に慣れた故の行動なのだろうか？

「な～んかもうちょっと恥じらいが欲しいよね。部隊の女性陣に似た雰囲気で新鮮味が無いって言うかさ」

「言うなよ……今まさにそれを思い出していたんだから」

生き死にの関わる戦場を共にしていると男女共にざっくばらんになり過ぎて、こういった男女間の差異が曖昧《あいまい》になりやすくなる。

どっちもあけっぴろげにし過ぎるとレア感が無くなるというか、家族感が出来てしまうというか……悪く言えば生きる為の同志であり性欲の対象ではなくなってしまうというか。

無論全てがそうでもなく部隊内でくっつくヤツ等だっていたものだが、生憎《あいにく》俺が所属した部隊ではそういった事は無かった。

待機時間に下着姿でうろつく女性隊員に、俺だけじゃなく同性の連中も日常として捉《とら》えていたのだから。

「いや～これは最高であるな！　許されるなら毎日でも使わせてもらいたいモノだ」

「!?」

そんな事を思い出して洗濯を終えたナディラの服をこれまたラマテラスの熱を利用して乾かしているとシャワーが終わったようで、簡易シャワー室から上気した表情のナディラがさっきとは違う格好で出て来た。

その姿は俺が着替えとして貸した普段着用のTシャツにジーンズ。

もちろん男物なのだから彼女の体には全く合っておらずどっちもダブダブなのだが、逆にそんな姿が彼女の愛らしさを引き立てているのか……さっきは恥じらいがどうとかモコモコと言っていたというのに、不覚にもドキッとしてしまう。

「スマンなバサラ、借りた服は後日しっかり洗って………どうかしたか？」

「……いいえ、なんでもありません。そして何というか……ゴメン」

「？　何故謝る⁇」

俺の謝罪の意味が分からずナディラはきょとんとするが、モコモコは肩に乗っかりニヤニヤした顔で俺の頭をテシテシ叩《たた》いた。

「ギャップ萌《も》えってヤツだね」

「………言うな」

そう言えば気心知れて慣れたと思った女性が違った面を見せた時がヤバいと語っていた戦友もいたっけな……。

俺が女性という存在の脅威に慄いている間に、ナディラは切り株にちょこんと腰を掛けてこっちを真っ直ぐに見据えた。

「さて、少々時間を挟んだが、これが一通りの魔法……魔力の効果という事になるかの？実際に体験してみて理解は及んだであろうか？」

「理解……出来たかと聞かれりゃ、未だにワケが分かんないとしか言えないけど……何だか分からんが便利だって事は、まあ分かったかな？」

「一先ずそれで良かろう。全てを理解して魔力を扱える者はこの世界とてそうはおらん」

この辺はもう深く考えるのは止めておこう。

「さて、ここまで魔力の説明はしたのだが自身の魔力容量を超える魔法というモノは本来使役出来ん。精霊魔法も使役できるほどの者は限られるしの。しかし稀《まれ》に異常なほどの魔力容量を持ち、更には身体強化魔法など問題にならない程の強化で肉体をまるっきり変質させてしまう輩が現れる。その者たちの肉体は生半可な武器も魔法も通用せず、人々に害を為す。我らは総じて『魔族』と呼んでおる」

「魔族……」

その言葉で思いつくのは、これまた地球の伝説や物語に出て来る悪魔や妖怪《ようかい》の類。

しかしナディラの話を鑑みると、その魔族と称されているのは……。

「……つまり昨夜の巨人や最初に見たトロルみたいなヤツ等は元々魔力が高いだけの人間だって事で間違いないんだな？」

昨夜の巨人の死体が人間に変わったのを確認してからある程度の予感はあったけど、その予感をナディラは神妙な顔で頷《うなず》き肯定する。

「他者よりも魔力に長けておるがゆえに肉体の変質をも辞さない禁忌の強化は『魔獣装甲』と呼ばれておるが、その状態になるとほぼ人間性を失い闘争本能と破壊衝動のままに暴れる化け物になり果ててしまう」

「そんな状態になり果てた巨人の化け物と対抗する手段が、君らが操縦していた『魔導機兵』って事なのな」

「……その通り、と言いたいところだがご存じの通り一体の魔族に対して最低三体の魔導機兵でようやく渡り合えるかという程度での」

「だろうなぁ……」

昨夜の戦闘でも単純に力負けしていたのは当然だが、とにかくあの作業用ロボのような機体は小回りが全く利かず、武装も精々殴る蹴《け》るが関の山。

決定的な手段になっているかと言われれば、答えはノーだろう。

「しかし『魔獣装甲』で巨大な魔物と化した魔族たちに対して、今のところ唯一の手段は『魔導機兵』しかないのも事実。だというのにそれすら操縦者を選ぶ難物でな。理屈を言えば身体強化の要領で『魔導機兵』へ魔力を流して機体を己の肉体と同等に考え操るという仕組みなのだが……」

「それってそんなに難しいの？」

魔力の扱いについて全くピンとこない俺にはどのように難しいのかいまいち伝わらないのだが、ナディラはため息交じりに言う。

「魔力の操作と戦闘を同時にこなすというのは全く違う動き、例えるなら剣と弓を同時に使えと言うようなモノと思って貰《もら》えれば」

「あ～そりゃキツイわ」

例えりゃＭＪの演算などまで全てパイロットがこなせって言うようなもんだ。

正直戦闘のみに集中していても何度死にかけたか分からんというのに、そんな方向にまで頭を使っていたら撃墜待ったなしだ。

「そんな理由もあって『魔導機兵』を扱えるのは魔力にも戦闘にも長けた特殊な経歴の者たち、我が国では真っ先に上がるのが品格として魔法と武術を習得した王侯貴族なのだが……当然ながら搭乗を希望する者は少ない」

「だから王女様があんな前線に……トップの王族が率先して立つ事で他の腰抜けの尻《しり》を叩こうってか？」

俺の憮然《ぶぜん》とした言葉にナディラはやるせなさそうに苦笑する。

「残念ながら尻を叩かれて奮起する者は少ないがの。私をお転婆の出しゃばりと公言する事で自身の臆病《おくびよう》さと無責任さから目を逸らす者ばかりよ。だというのに、昨今魔族の出現が日に日に増えておってな」

「なるほど、だから俺の事を……」

「昨夜は本当に済まなかった。そちらの事情も考えずにあのように強硬な手段を」

「でもさ、それこそ立場的に言えば平民同然どころかこの世界の部外者でしかない俺なんかをスカウトするより、魔法も武術も修めたお貴族様にでも号令かけるべきなんじゃね～

の？　王家として〝貴族は魔導機兵に搭乗する事を義務とする〟みたいにさ〜」

政治的な事が簡単じゃないのは分かっているが、そもそも対応が遅れて王女様自身が前線に立たなきゃいけなくなっているのだ。

暴論かもしれないが、王女が危険な目に遭っているというのに配下であるハズの貴族連中が希望しないから乗らないは通らないんじゃないのか？

と、そう思ったのだが……。ナディラはふか〜いため息で答えた。

「それが出来ればの……。魔族への対応に特に消極的なのが、恥ずかしながら王族の中でも最高位である国王であるとしたら？」

「……は？」

「王族の中で魔族の危険性に唯一気が付き援助して下さるのは長兄のカルマゼン兄様くらいでの、国王を始め第二王子や大半の貴族などはそもそも魔族を危険視してすらいないし、必死に対抗する我ら近衛魔導機兵団の事をはねっ返りな王女の戯れとしか思っておらん」

「……マジで？　実際に人的被害だって出ているんだろう？」

昨夜のオーガたちに関しては登場から退場まで早かったからか、運よく人的被害などは無く終了しているが、これまでも魔族が現れているなら………俺のそんな疑問にナディラは暗い表情で頷いた。

「国王《ちち》を始めとした王侯貴族たちはそもそも魔族による被害を甘く見ておる。いや、もっと言えば平和ボケかの。曾祖父《そうそふ》の代で建国されたアスカラリムは砂漠と海に守られているだけに長年戦争など荒事に関与しておらん。そしてそもそも件数がまだ少なく物量で何とかなっていると思い込んでおるからの、魔族発生をどこか他人事《ひとごと》のようにしか捉えておらんのだ」

「………………」

長い期間戦争が無かったからこその油断。

そして高値で取引されるスパイスが生み出す富から発生する余裕。

何か問題が発生しても軽く考えて、面倒事は放棄……か。

その状況は前の世界で実際に起こった事件に妙に似通っていた。

「なあナディラ、魔族って言うか『魔獣装甲』だっけか？　そいつが使える程生まれつき体内に魔力を持っている輩は稀な事だって言ってたよな？」

「そう言ったが、どうかしたのか？」

「これはあくまで魔力なんてものを欠片《かけら》も理解できていないド素人《しろうと》の戯言《ざれごと》だと思って聞いてくれて構わないんだが、魔族になってしまった元人間たちの調査ってしたのか？」

俺の質問にナディラは思案気に上を向くが、その後迷いなく首を横に振る。

「言われてみれば無いが……それがどうかしたのだろうか？」

「仮に、もしも仮に魔力が大して無くても『魔獣装甲』みたいな事が出来るようになる何かがあるんだとすれば、前の世界であった出来事の予兆に似ているんだよ」

「魔力無しで『魔獣装甲』……確かにそれは唐突過ぎる考えである」

魔力ありきの方法を魔力無しでって時点で言っている事が矛盾しているのは感じるが、そう考えると、実に『神坐の民《やつら》』が使った狡《ずる》い手口とリンクするのだ。

「前の世界で俺たちの敵であった『神坐《かみざ》の民』はまず最初に衛星軌道上の自国『宇宙メガロポリス』を全てのモノを見下ろす神の座として布教活動を行ったのさ。それも社会的に爪弾きにされ何事に対しても自信を失っていた者たちに〝特別な神の御座へ導かれる〟といううたい文句でな。そして言葉巧みに敵国で生まれた新たな同志を神徒と呼んだ」

「シント？」

「ああ、しかし各国の連中は上層部も一般市民も連中の事を信仰の自由として危険視どころか気にする素振りすら無かった。連中が『神坐の民』に爆弾を渡されテロ行為を始めるまではな」

「!?」

そう、あのクソったれな戦争の始まりはそんな感じだった。

言葉巧みに『神坐の民』として認められる為に善行を積ませ、そうする事で天空の神の座に至る事が出来ると称して敵国内に神徒を作り出し、そしてテロ行為を行わせる。

爆弾を、重火器を、時にはMJすら支給し、死ぬまで使い潰《つぶ》す道具として。

『神坐の民』として認められる事が宇宙メガロポリスへ上がる条件であるなら、死んでしまったら本末転倒なのだが、神徒と化してしまった崇拝者たちにとってはそんな事はどうでも良かったのだろう。

『神坐の民』の連中が自分たちを使い捨てていると知ってなお、喜んで命を散らす様は恐怖以外の何物でもなかったから。

その辺の事も含めて話すとナディラの顔はみるみる青くなって行った。

俺では感じる事すらできない魔力はさておいても、状況だけ見れば神徒への武器支給が『魔獣装甲』になっているだけに見えるからな。

「確かに……今まで私たちも魔族に対処する事に気を取られていたが、魔族になった者たちの調査をした事は無かったの。『魔獣装甲』が使えるのだから魔族、元々魔力が高かったのだろう、としか思わずに。く……私も父や次兄の事を平和ボケしているとは言えん」

そう言って苦悶《くもん》の表情を浮かべるナディラ。

ここで反省できるだけ良い方だとは思うが、彼女は気を取り直してキッとした目つきに戻ると胸元から不思議な形状をした笛を取り出し、吹いた。

ピーヒョロロロ…………

地球で言うところのトンビの鳴き声のようだが、それよりも更に甲高い音を響かせてから、彼女はこっちを向いた。

「バサラよ、色々と為になった。私は急ぎ城に戻って調べる事が出来た故ここで失礼させていただく」

「お、おお……」

そう言って真剣な目のまま上空を見つめるナディラだったが、しばらくすると首を傾げ始める……おや？

「あ、あれ？　何故来ないのだ？」

「……どったの？」

「この笛は竜笛と言ってな、待機している飛竜を呼び出す為のモノなのだが……ここまで共に飛んできた飛竜がやって来んのだ」

眉《まゆ》を顰めつつもう一度竜笛を鳴らすナディラであったが、やはりどこからともなく飛竜がやって来る事はなくのどかな青空が広がっているのみ。

そうしているとナディラの表情が段々と青くなって行く。

「ま、まさか……帰りおったのか⁉」

「帰るって、まさか勝手に帰っちゃう習性でもあるのか？」

「本来は主人を乗せない限りその場を離れる事が無いように調教されておるのだが、飛竜は元々帰巣本能が高く自分の巣と認識した場所に戻る習性があるのだ。この場合王城を巣としているから……くぅ、そう言えばスピードは最高であるが性格に難があると調教師が言うておったのだった！」

「ありゃ、それじゃあ勝手に城に飛んで帰っちゃった……と」

「…………どうしよう」

急を要する事案の為に帰ろうとしていた凛々《りり》しい表情が、途端にお家に帰れず不安なお子様のようになって行く。

あかん……ちょっと可愛い。

「仕方がない……送ってやるよ。生憎《あいにく》飛竜じゃなくて空飛ぶ金属の鳥だけどよ」

＊

「す、すごい高い、速い……何なのだこの魔導機兵の性能。我が国、いや我らの世界では実現不可能な技術であるぞ、こんなの」

「凄《すご》いだろ～、ラマテラスの飛行速度は全力だったら音速を超えるからね。さすがにそんな速度出す意味、今は無いけどさ～」

高高度で飛行するラマテラスの中、俺が座るシートの後ろで三百六十度モニターにおでこを引っ付かせながら外を眺めるナディラは、目を輝かせてまるで子供のよう。

調子に乗った豆柴《まめしば》が彼女の頭に乗っかって得意げにしているのが何とも微笑ましい。

俺も初めてＭＪで空飛んだ時はこんな感じだったな～。

「しかしこのような膨大な魔力を抱く魔導機兵を人為的に作り出してしまうとは……バサラの世界の技術者はとんでもないの」

「……そういえば疑問だったたが、確かナディラが魔力を感知して追って来たのは俺じゃなくてラマテラスだったんだよな？　それってコイツに魔力があるって認識で間違ってないか？」

「なんだ、知らずに使って……いや、そうだったなバサラの世界ではそもそも魔力という概念すら無いのであったな」

そう言うとナディラはモコモコを抱っこして背もたれに寄りかかった。

犬を胸に抱くお姫様……何ともエキゾチックで絵になる光景でもある。

「ハッキリ言って私も驚いておるがな。今まで魔力を感じることが出来たどんな精霊よりも巨大な魔力を抱いているこのラマテラスが、まさか魔法どころか魔力の概念すら知らないお主が自在に操っているという事にの」

「巨大な魔力……そいつを感じるのは、やっぱあの辺からか？」

俺が操縦席の後ろ、丁度ラマテラスの心臓部『人工太陽炉』を指さすと、彼女は予想通りに大きく頷《うなず》いた。

「その通りである。やはり魔力を感じずとも魔力の発生源に心当たりはあるのだな」

どうやら予想していた通り、前の世界で開発された人工太陽炉『ＡＳエンジン』のパワー自体に魔力的なモノもあるという事らしい。

科学の産物で魔法世界の代物を作り出す……妙な相違の不思議と言うしかない。

「しかし、こうして飛竜でも至れぬ大空すら飛翔《ひしょう》するのも素晴らしいが、魔力の膨大さを鑑みるにこのラマテラスの本来の力はこんなものではなかろう。私たちを助けた力すらその一端でしかないのがうかがえる」

「……見ただけでそんな事まで分かるのか？」

「ああ……まさしく国を滅ぼす程恐ろしい力を秘めていると、こうして実際に乗り込んだ今肌で感じる」

俺には全く分からない基準でラマテラスの力量を推し測られるというのはある種の恐怖でもある。

特に隠しておくつもりは無かったが、進んで吹聴するつもりも無かったから。

実際今のラマテラスは最終決戦の影響で普段の半分の出力も出せないし、何と言っても最大火力のＳＣ《サンライト・カタストロフィー》を発射する為のＡＳ変換リアクター接続機構が破損してしまっている。

国を滅ぼす程の力が備わっている事は事実なのだからな。

「現状では本来の力とやらを披露する機会はないだろうから、安心しとけ」

「むう、それはそれで残念ではあるがなぁ」

実際にどのくらいの強さを秘めているかを正確に分かっているワケではないだろうが、それでも呑気《のんき》な口調で物騒な事を言う王女様。

異文化との交流は新たな発見と共にあらゆる危険も孕《はら》んだ難しいモノなのだな。

そんな事を思っている内に、モニターに現れたのはつい最近まで根城にしていた町『フラメア』である。

町中で派手に立ち回っただけに、もう二度と戻る事は無いと思っていたのだがなぁ。

「フラメアの町が見えて来たから、もうそろそろ王都に着くかな？」

「え？　もうフラメアに!?　という事は眼下の森は既にスラスタザルムの森か？　まだ半刻も経っておらんというのに、何という速さ……」

「半刻って、一時間だっけか？　フラメアから王都まで、この調子なら後数十分程度で…………ん？」

そこまで言いかけた時、不意に地上を走査していたモニターに視線を落とすと奇妙な光景が森林の中に発生しているのに気が付く。

それはある種の生物が大量に集合している場所があるように、蠢《うごめ》いているのだった。

「何だこの反応、森の中に集落でもあるのか？　いや、この動きは人間のモノじゃないな」

「どうかしたのか、バサラよ」

「ちょっと気になる事が……モコモコ、ラマテラス白兵戦形態に変形。その後ホバリングへ移行してくれ」

「オーケー」

俺からの指令を受けたモコモコはナディラの頭からピョンと専用座席に飛び乗り、そのままラマテラスの変形シーケンスを開始。

連動して鳥のような飛行形態が空中で停止して中心から折れ曲がるように変形、更に手足へと変形し最後に頭部が現れ人型の白兵戦形態が完成する。

その状態となる事で高速移動は出来なくなるが、背面に備えられたASリアクターをスラスターとして自由自在な方向へと噴射可能となり空中停止が可能となる。

こういった基本的なラマテラスの運用のほとんどをサポートしてくれる豆柴がいるからこそ、俺は戦闘にのみ集中していられるのだ。

ちなみにこの間ナディラは空中で変形して行くラマテラスに呆気《あっけ》に取られていた。

「ナディラさんや、コイツが変形するのは分かり切ってただろうが。一々驚いてないで一緒にこいつを見てくれないか？」

「え？　あ、ああスマン。知ってはおったが実際に見せられるとな……」

そう言いつつナディラも眼下の光景を移したモニターに目を落とす。

ホバリングしながら地上を見下ろす格好だが、ここは上空二千メートル、さっきよりは高度を下げてはいるものの下から見上げたところで視認できるヤツは中々いないだろう。

何かが蠢く地上の景色を今度は拡大してモニターに映し出すと、ようやくそれらが何なのか俺にも理解できた。

何しろコイツ等は数日間ではあったが、フラメアの町で冒険者をやってた俺にとっては飯のタネ代表だったからな。

「ゴブリンの群れだな。うわ～それにしても凄い数だな。まるでゴブリンが町でも作っているみたいな感じじゃん」

眼下で蠢く生物の群れは大量のゴブリン。

よく観察すれば個々で獲物を喰らったり武器を振り回したりと統一性は無いものの、一つの群れとして構成されている事だけは分かる。

これはいわゆるゴブリンの巣、なのだろうな。

俺は何気にあんまり気持ちの良いモノじゃないな〜と思っていたのだが、ナディラの顔を窺《うかが》うと、あからさまに驚愕《きょうがく》の表情で青くなっていた。

「な、何と……これはゴブリンコロニーではないか⁉　何故このような人里近くの森に……」

「ゴブリンコロニー？」

「……言うなればそのままゴブリンの巣であるのは間違いないが、ゴブリンは元々臆病《おくびょう》で賢い魔物での。強い魔物は元より人間の立ち入る森で大々的な集団をつくる事をしない。した途端に狙われ駆除されることが分かっておるからだ。だが稀《まれ》にだが一部で大繁殖が起きた場合、飢餓状態に陥り普段は逃げるような魔物や人間であっても我を忘れて襲い掛かる状態が発生する」

うわぁ……それだけで彼女が何を言いたいのか理解できた。

普段は作らないハズのコロニーを作り出してしまう程に爆発的に繁殖したゴブリン。

大量のゴブリンたちの腹を満たす食料が確保できなくなれば飢餓状態に陥り人里を大群で襲う事になる。

つまりこれはスタンピードの予兆って事に……。

「眼下のゴブリンの群れは……走査しただけでも千匹は下らないぞ。今のところまだ周辺の動植物を食い荒らしている段階だからどうにかなっているようだが」

「千!? マズイどころではない! 近場で言えば真っ先にフラメアが犠牲になるだろうが、このまま膨れ上がったら王都まで押し寄せるかもしれん!」

ますます慌て始めるナディラではあるが、正直俺も豆柴も〝ふ〜ん〟という感じだった。

別にこの世界の事などどうでも良いとかそんな薄情な考えではなく、現状のラマテラスで、そのコロニーをどうにか出来る算段があったから。

ただ、問題なのは…………俺は未だに仕組みの分からない冒険者カードをチラリと見る。

「ところでナディラって冒険者カードって持ってるの？ ほら、自分が倒した魔物の数が勝手にカウントされるアレ」

「？ 何を唐突に……無論持っておる。魔族との戦いで冒険者に要請を出す機会もあるからの、手続きの関係上持っておらんと面倒になるのでな」

そう言って胸元から取り出したのは俺のヤツよりも高価そうに見える金色のカード。

なるほど、それは好都合……俺は内心ほくそ笑みながら、ラマテラスのメインシステムからASライフルの出力調整を操作、そして照準を合わせて後は撃つだけの状態にした。

「ナディラ、ちょっと悪いけど手を貸して貰《もら》って良いか？　この操縦桿《そうじゅうかん》を握って欲しいんだが……」

「な、なんだと!?　し、しかし先ほどの〝ほばーくらふと〟とは勝手が違うのであろう？　私にこのような魔導機兵の操縦が務まるとは思えんぞ？」

「大丈夫大丈夫、ちょっとの間機体を安定させてればいいからさ」

「うんうん、無茶な挙動さえしなければ余裕余裕」

モコモコも俺の意図を察したようで口を合わせると、ナディラは戸惑いつつもゆっくりと操縦桿を握った。

何だかんだ操縦してみたいとは思っていたらしく、その表情は緊張に引きつりつつも少し嬉《うれ》しそうにも見えて……。

「んでもって、その操縦桿に赤い引き金があるだろ？　その人差し指が当たるとこ」

「人差し指……これの事か？」

「うんうん、そしたらそこを引いてみて？」

「え？」

カチ……俺が言った次の瞬間聞こえたトリガーを引いた音。

その瞬間、ラマテラスのＡＳライフルから最大出力の熱線が眼下の森に向けて放たれた。

周辺に人間の姿はなく全てゴブリンなのは確認済み。

熱線は固定された狙いを寸分たがう事なく直撃し、地上に巨大な土煙を発生させた。

ゴゴゴゴゴ…………

「は……はあ⁉　何なのだ今のは⁉　バサラの言った通りにしたら何やら巨大な光が森に放たれて⁉」

「おおお〜凄《すご》い凄い、見事命中だぞナディラ。お陰でゴブリンのコロニーは消滅したようだぞ。さすがだな〜」

「消滅⁉　千以上のゴブリンが⁉」

驚愕するナディラを他所《よそ》に眼下の森林に残ったのは全てを無慈悲に燃やし尽くされた空虚なクレーターのみ。

ゴブリンがその場にいた形跡など始めから無かったかのように跡形もなく消滅していた。

＊

アスカラリム王国中央都市王都、そこに鎮座する最高権力者の象徴たるアスカラリム城。

そこはまさに王族にとって我が家と言っても過言ではない場所なのだが、そんな我が家で数日前からずっと不機嫌な様子でこめかみをヒクつかせているナディラ王女殿下の姿が見かけられていた。

「ナディラ王女が千を超えるゴブリンコロニーをたった一人で殲滅《せんめつ》してスタンピードを回避して下さったらしいぞ！」

「な、何だって⁉　千だと⁉　もしもそんな数が王都に押し寄せていたら……」

「王都はともかく周辺の村や町には多大な被害が出ていただろうな。本当ならまさしく英雄の所業であるぞ」

「そんなまさか……百の兵士を集めたとしても殲滅は不可能だろ？　たとえ魔導機兵乗りのお転婆姫であっても盛り過ぎでは？」

「口を慎め馬鹿者。冒険者カードにはしっかりと千を超える討伐数が記されていたらしいのだぞ。カードに虚偽や偽造は不可能な事くらい知っておるだろ」

「ふわあぁナディラお姉さま……軟弱な男子よりも強く凛々《りり》しい…………」

方々から聞こえて来るのは自身に対する惜しみない賞賛の声。

それが本当であるなら彼女もここまでイラつく事はなかったのだが、実際には他人の成果にトドメだけ刺したに過ぎないのだ。

根が真面目な彼女は先日の魔族討伐の件も重なってストレスが酷いのであった。

『バサラめ！　自分が急に千以上のゴブリンを討伐した証拠が残ると面倒だからと成果を全て押し付けおってぇぇぇ!!』

ただでさえ単独行動《ソロ》のバサラが千以上も急に討伐した証拠が冒険者カードに残っていたら、さすがに基本不干渉のギルドだって方法や理由を聞かずにはいられない。

そうなっては面倒だからと、バサラは全ての面倒事を彼女に押し付けたのであった。

しかし彼女にとってそんな風に〝面倒事を頼まれた〟という事は実は初めての事。

今までの魔導機兵での戦闘や魔族への対応では、周囲の者は自分に気を遣い〝こっちで処理しますのでお気になさらず〟というものがほとんどだった。

こんな風に対等な立ち位置で面倒事を頼まれる友人のような付き合いは実は初めての事で、〝アイツめ！〟といった怒りはありつつも複雑な表情でナディラは城内を歩いていた。

「浮かない顔ですね、我が誇り高き妹君は」

「兄上、貴方《あなた》まで……勘弁して下さいよ。私単独でどうにかなるはずもない、あくまでも魔導機兵があったからこその成果なのですよ？」

にこやかに話しかけて来た長兄カルマゼンにナディラはげんなりとした様子で返した。

今回の件は偶然ゴブリンコロニーを見つけ出したナディラが単身魔導機兵で殲滅、無双したという事に落ち着いている。

そうでも言わなければ対外的にも納得される事が無かったからだ。

「そうは言うが、それも含めてナディラの実力でしょう？　スタンピードの危機を防いだのは誰に対しても誇れる偉業。魔導機兵どころかロクに剣も魔法も振るえない私にとってはうらやましい限りです」

「何を言われる。兄上の知見や策謀が無ければ私は魔導機兵一体すら満足に用意できないのですよ？　私が残した成果に兄上が関係無いとは言わせません」

「……そう言ってくれるのはナディラだけですよ」

何とも言えない表情になる兄にナディラはいたたまれない思いに駆られる。

誰よりも王に相応《ふさわ》しい知見を持っているというのに、武力魔力で劣るからと第二王子に継承権争いで負けているという現状に。

何とか自分の戦果や成果を彼の功績に出来ないかと色々と画策しているのだが、結果は芳しくない。

「それで兄上、ゴブリンコロニーの発生について国王陛下は何と仰っていましたか？」

「相も変わらずですね。ナディラが必死に頑張って王国の危機を防ぎ危険性を報じてくれたというのに、国王陛下は『既に消え去ったというなら心配はないだろう。そんな事よりも妹にすら戦果で先を越されて情けないとは思わんのか？』と揶揄《やゆ》されましたね」

「⁉　あのボンクラ親父は‼」

今回の件はそれで終わりという程単純ではない、その事を踏まえて奏上したというのに既に終わった事として関心すら向けない。

国政を預かる者としていい加減すぎる父の判断に、ナディラは思わず淑女に相応しくない言葉を吐き出していた。

『他世界のバサラにはスタンピードの恐ろしさしか理解できていなかったようだが、同じ世界の者であるなら〝たった一週間で千匹規模のゴブリンコロニーが現れた〟という異常性にくらい気が付きそうなものなのに……』

魔力感知に優れた魔導師であるナディラは定期的に国内全土の魔力感知を行って、その結果を報告していた。

その中でも人里に近いスラスタザルムの森は一週間前に魔力感知を行っており、ゴブリンコロニー発生の気配すら見つける事が出来なかったのだ。

　その事についてもキッチリと報告を上げたはずだというのに……。

「ゴブリンの急増殖についても国王陛下はお聞きにならなかったと？」

「それがですね……『所詮《しょせん》子供のお遊び程度の魔力感知。本当の戦場も知らずおもちゃで遊んでいる女の戯言だろう？　一週間前の魔力感知でも見落としがあったのではないか？』と傍らのナールムが口出しして国王陛下も納得されてしまいまして」

「揃《そろ》いも揃って！　自分とて戦場に出た事など無いクセに!!」

　ナディラは身内であるハズの上層部の日和見、事なかれ主義に激高するが、本物の戦場を生き抜いたバサラからの戦争直前の状況についての助言を思い出して気を取り直す。

「兄上、宜しければゴブリンの急増殖について何か原因が無いか文献を調べて頂けますか？　私にはゴブリンコロニーが自然発生したモノとは思えないのです」

「分かりました、私の方で何かないか調べを進めておきましょう。そっちはどうするつもりですか？」

「別件ですが、こちらも捨て置けない危険性があるので調査に当たろうかと……」

　ナディラはそう告げると振り返って廊下を駆けて行く。

　そんな妹の姿を長兄カルマゼンは変わらぬ笑顔で見送っていた。

「相変わらず、我が妹は元気ですね」

＊

ナディラが向かった先は魔導機兵の修理、改修、格納を一手に引き受ける魔導技師たちの巣窟《そうくつ》であるラボ。

格納庫と言っても過言ではないくらいに魔導機兵の部品や武器防具などが収納されたそこは、城の中でもナディラが最も時間を過ごす場所である。

彼女は先日大破した自らの愛機が未だ修理中であるのを渋い顔で確認してから、作業中である目的の人物を発見した。

「ガイアスよ、今良いだろうか？」

「王女殿下！　例の調査結果でありますか？」

ナディラの用件を素早く察した近衛魔導機兵団副長ガイアスは、変わらぬ生真面目な口調だが前置きも無くその事を口にする。

「何か分かったのか？」

「ハッ、それが……何も無い事が分かったというのが正しいかと」

「何？」

「先日のオーガタイプ、その前のトロルタイプ、共に死骸《しがい》から魔族化する前の身元は判明しましたが、どちらの件に関しても連中が膨大な魔力を持っていたなどという事実は一切なく、むしろ魔力どころか戦闘力自体持たず腐っていた穀潰《ごくつぶ》しという話ばかりで」

「…………」

その情報だけで『魔獣装甲』は膨大な魔力保持者による暴走という前提が崩される。

更に『自信を持たない、自らに価値を見出せない者たちを中心に神徒に仕立てた』というバサラの言う元の世界での戦乱の予兆とも合致してしまい、ナディラは言葉を失った。

「王女殿下、まさか魔法を行使できぬ程の魔力容量が少ない者であっても魔族のような『魔獣装甲』を行使できる方法があるというのでしょうか？　そうであるとすると我ら近衛の全戦力を以てしても……」

ここまでの調査結果を見れば、さすがにガイアスも事の危険性、異常事態を理解してしまったようで顔を青くしていた。

そう、そうであるならばこれまで一体でも苦戦していたというのに複数の魔族が同時に発生する事態だって近い未来に確実に起こるという事になる。

「不味《まず》いぞガイアス、最早一刻の猶予もない。一般人の魔族化もだが急増殖するゴブリンの案件も、明らかに王国内に混乱をもたらす思惑があるとしか思えん」

「国内に混乱を……まさか他国の侵攻が⁉」

「それはまだ定かではないが、悠長に構えている場合ではないという事だ！」

そう言ってナディラは王女として覚悟を決めると威厳ある表情で命令を下した。

「ガイアス、お主は近衛魔導機兵団がいつでも出撃できるように準備、待機をしておくように！　この分ではいつ次の魔族騒動が起こるか分かったものではない」

「了解しました！　このガイアス、身命を賭《と》しまして王女殿下の忠実なる手足として任務を全うする所存であります‼　たとえこの身が焼かれようと引き裂かれようとも……」

「……程々で良い。私は少々魔導研究院へ行って来る。魔学者連中なら件の魔力無しでの魔獣装甲へ至る方法を知っておるかもしれんからな」

Chapter 4 ▸▸▸

四章　魔法と科学で蘇《よみがえ》る太陽

ナディラを王都まで送ってから三日……俺は王都から数キロ先の森の中にラマテラスを隠しつつ、操縦席をリクライニングさせて伸びをしていた。

そんな風にだらける俺の腹に突然豆柴《まめしば》がドスっと乗っかって来た。

「ぐえ!?」

「バサラ、そろそろ三日は経つけどまだ待機してるの？　そろそろ食料も心もとなくなって来たけど」

「お前…………サイズに見合わず結構重いんだからいきなり乗ってくんじゃねぇよ」

愛らしい豆柴型だが、しっかりとロボットなモコモコは総重量五キロはあるからな。

こっちの覚悟も無しに乗られると立派な凶器になりやがる。

「別に確証がある訳じゃない、おまけに今は軍に所属もしてないんだから待機していなくちゃいけない理由もないだろうに」

「……そうは言うけど、嫌な予感が残っていると動き辛いんだよ。こうなるから人間関係をあんまり深める気は無かったんだが」

最早反乱軍に所属しているワケでもない、世界だって違うからこそ行動は自由。

だけど自由にして良いというなら、どうしてもあの危ういお姫様の事を捨て置けなくなってしまう。

ナディラとの会話で自分で言った事だが、本当に状況が元の世界で発生した開戦直前の状況に似ているのが気になる……いや、気に入らない。

何でもかんでも繋《つな》げて考えるのは良くないとは分かってはいるものの、どちらも敵対勢力にしてみれば好都合な状況でしかない。

そして、そんな状況をあのお人好しなお姫様が放っておくワケもない。

絶対に自分の命も顧みず、率先してあの作業用ロボで突撃するに決まっている。

「はあ……ああいうヤツこそ関わりたくなかったのに」

「アハハ、ムリムリ、バサラみたいなヤツにはどうしたってああいう人が寄って来るもんだよ。自己犠牲を厭《いと》わない女の子なんてバサラが一番放っておけない人種じゃん」

「うっせーよ」

相変わらず鋭く核心を突いてくる豆柴だ。

戦乱の中、汚いヤツも卑怯《ひきょう》なヤツも散々嫌と言う程見て来たが、そんな中でも仲間の為、家族の為、恋人の為に自らの命を犠牲にして散って行ったヤツ等を何人も見て来た。

腹が立つ事にそれは敵であるハズの『神坐《かみざ》の民』の中にすらいたのだ。

戦争は善人から先に死んで行き、何もしない悪人が最後まで生き残るとはよく言ったものである。

何しろ、俺みたいな大量殺戮《さつりく》の極悪人が未だに生き残っているのだからな。

「あの手のタイプは真っ先に死んじまう典型だからな。俺みたいな悪人がちょっかい出さなければ、同じ悪人に利用されるだけで終わっちまうだろ？」

「……本当の極悪人は自らを悪とは名乗らないと思うけどね」

それは彼なりの慰めなんだろうが、どっちにしろ俺が実際に何百という人命を奪ったという事実は変わらない。

そんなヤツがあんな大爆発に遭ったというのに、世界を渡ったとは言え未だに生き残ってるというのは……実に不条理で理不尽な事としか思えない。

生き残るのであればナディラのような、人の為に行動を起こせるヤツこそが相応しいのに……。

生き残るべきではなかった自分が生きる意味……少しずつそんな想いに駆られ始めた時、

モコモコがモニターを見て言った。

「……アレ？　近くで生体反応が？　これは冒険者かな？　人間の反応が三つに魔物と思われる反応が五つ……戦闘中かな？」

「魔物と戦闘中……」

言われてモニターに目を向けると、確かに人間の生体反応を青、魔物の反応を赤で表示された点が動いている。

ただ、見ている限りでは冒険者と思われる反応が優勢なのが分かる。

赤い点と違って青の点はバラける事無く確実に一体一体に対応して、赤の反応が動かなくなってから次に移っているのだ。

「ほ～やるもんだね。細かい事は分からないけど前衛後衛に分かれて一匹ずつ確実に対応している。こんなレーダーだけなのに綺麗《きれい》な隊列だね」

モコモコの評価に俺は同意しつつ、どうやら部外者が介入する案件ではないと息を吐いた。

冒険者の仕事ってのは厄介なモノで、基本は早い者勝ち。

特に魔物との戦闘は不利だったり命の危険が無い限り横やりは御法度の世界、この辺を理解せずにヒーロー気取りで介入すれば逆にトラブルに発展するからな。

何もしないで良いのなら、何も問題ない。

そう思ってモニターから視線を外そうと思ったその時、妙な事に気が付いた。

最初気が付いたのは動かなくなった赤い点が再び動き出した事だった。

それだけなら止めを刺し切れてなかった魔物が息を吹き返した、くらいにしか思わなかったのだが……。

「……ん？　あれ？　生体反応、魔物は五つだったよな？」

「え？　あれ？　生体反応が六つ？　いや、七つ⁉」

動き出した赤い点が二つに分裂、更に他の点も一つだったハズのモノが増え始めて……それはまるで増殖するウイルスを見るかのようなモノで……背筋が寒くなる。

だってこれは電子顕微鏡の映像ではない、単なる生体反応のはずなのに……何なのだこれは一体⁉

言っている間に生体反応はさっきの倍の十に増え、人間の反応三つは早々に撤退を決断したのか揃《そろ》って動き出し、逆に魔物の反応は追いかけ始める。

俺はそれを目にしてさっきまでの様子見の気持ちを投げ捨てて、ラマテラスのホバークラフト分離機能をオンにする。

「モコモコ！　ここからどっち辺だ⁉」

「こっから北東方向三キロ、冒険者っぽい三人は王都方面に逃げるつもりみたいだけど……うわ!? また増えたよ何だよこれ!?」

操縦席ごと分離した瞬間、俺はアクセルを全開にいつもよりも高く、木々よりも上へとホバークラフトを上昇させた。

チマチマ木の間を縫って行く時間はないからな。

そのまま指定された方向へ急発進、このホバークラフトはその気になれば二百キロは出るし加速時間なしにトップスピードに到達できる。

そうするとすぐに目的地に近づいて、周辺の声を任意で拾ってくれる集音システムのお陰で慌てる人の声がバイザー越しに聞こえて来た。

『どうなってんだよアレは!? ただのゴブリンじゃなかったのか!?』

明らかに慌てている男性の言葉で魔物の正体がゴブリンである事が判明する。

正直言って俺には先日のゴブリンコロニーの件も重なって嫌な予感しかしない。

そして、こういう時の俺の嫌な予感は不幸な事にまず間違いなく的中する……。

『言っている場合!? このままじゃ数に押されて食い殺されるわよ! 何としても森を抜けないと……』

『くそ! 追いついて…………うわ!? まただ、また〝分裂〟しやがった!!』

『バカ！　不用意に切断するんじゃねぇ!!』

……何という言葉だけでも気味の悪い情報だろうか。

これで生体反応を先に見ていなかったら、ホラー映画のワンシーンとしか思わなかっただろうに……生憎《あいにく》ここは科学ではない魔法が存在する世界の現実だ。

予想の中でもとびっきり最悪なヤツを被害者当人たちから聞いてしまった。

『「う、うわあああああああ!?」』

そうしている内に目的地点にそろそろ到達するかというところで、バイザー越しの音声と生身の声が重なって聞こえた瞬間、複数のゴブリンに囲まれ襲われそうになっている三人の冒険者の姿が見えた。

「あれは……フラメアで俺の事を勧誘してきたヤツ等か!?」

大剣を持った大男に弓を持った細身の男、そして色気で俺を誘惑しようとしていた魔導師っぽい女性……現在は全員至る所に傷を負っているようだが。

俺はそこまで確認した上で、彼らに飛びかかるゴブリン約十匹に向かって速度そのままに突っ込んで撥ね飛ばした。

「「「「ギャゴアアアアアアアア!?」」」」

景気よく飛び散ったゴブリンたちはそれぞれ木や岩、地面に激突して熟れたトマトの如く潰《つぶ》されていく。

　ハッキリ言って見た目もキツイが音もキツイ……グシャとかブチとか、肉や骨が潰れる生々しさだからな。

「大丈夫か？　アンタら……」

「え？　あれ⁇　お、お前は確かフラメアでソロだった新入り？」

「王宮の近衛兵連中に上等こいて姿をくらませたって話だった……」

　どうやら俺が連中相手に立ち回った件はフラメアでそんな風に伝わってしまっているらしい。

「うわ……何、この乗り物。空を飛んで……何かの魔導具？」

「あ、ああ……まあね」

　魔導師の女性がそう言って若干目を輝かせて聞いて来るので、俺は魔導具のくだりを否定せずに曖昧《あいまい》に頷《うなず》いておく。

「で……どういう事なんだ？　俺の見立てじゃアンタ等はゴブリン如きに後れを取る初心者には到底思えないんだが？」

　このまま下手にホバークラフトについて会話を続けると面倒な事に発展しそうに思えて、話を進める事にする。

そうすると面目なさそうに大剣の男が話し始める。

どうやらパーティーのリーダーはこの男のようだな。

「そう評価して貰《もら》えるのはありがたいがな、コイツ等は初心者が相手するタイプのゴブリンじゃない。最早攻撃が自殺行為にしかならないんだ。剣で斬っても魔法で焼いても頭を潰しても、すぐに立ち上がって……う！」

そして話していた男はさっき俺が撥ね飛ばし潰れまくったハズのゴブリン共に目を向けて、目を見開いた。

嫌な予感と共に俺も同じ方向へ振り返ると……速攻で見なければ良かったと後悔する。

頭が潰れ目玉がぶら下がった奴やら、腹が破けて内臓が飛び出た奴やら、手足が千切れて動けないハズの奴やら……致命傷を負ったはずのゴブリンたちが立ち上がって来るのだから。

そして同時に動画を逆再生しているように元の配置に戻って行き……最終的にはさっきと何も変わらない、醜悪な表情を浮かべるゴブリンがそこにいた。

「な……何だよコレは？　明らかに致命傷を負ったハズじゃないのか？」

「さっきからコレの繰り返しなんだよ。おまけに真っ二つにしたと思えば、それぞれが急速に再生して二つに分裂してしまう。最初はコイツ等五匹しかいなかったのによ」

青い顔でそんな事をリーダーが教えてくれている合間にも、再生するゴブリンの他にさっきまでいなかったハズのゴブリンがそこかしこから現れ、群衆に加わり始める。

……撥ね飛ばして散った肉体の破片も分裂再生したっていうのだろうか？

目測ではあるが十どころじゃなく、既に二十はいるように思えて……リーダーからはフラメアで会った時には見られたベテランの余裕というモノが今は感じられなかった。

「一応聞いておきたいが、ゴブリンってヤツはこうして繁殖するヒトデみたいな生き物って事はあるのか？」

「んなワケあるか！　繁殖力が高いのは有名だが、それはあくまで雄と雌の番がいての話なのは当然！　そんな特殊な増殖をするなんて聞いた事も無い！」

「だろうな……」

まあそもそも、こんな短時間で再生できるなんて科学的には絶対にありえない話。

科学的に生物学的にあり得ない事象であるなら答えは一つ、魔法的な何かが原因という事になる。

そして、こんな特殊な個体がいるのなら先日のゴブリンコロニーの一件だって無関係とは言えないだろうな。

とは言え、世界は違っていても生き死にの定義は変わらない。

たとえ魔法、魔力の範疇《はんちゅう》だったとしても科学的な力が全く通用しないという理屈は無いと思いたいし、そもそも納得が行かん。

「なんでもいい、何か……何かヤツ等をどうにか出来る手がかり、弱点は……」

「「「「「ギョロロロロロ……」」」」」

突然現れた俺に対してまだ警戒をしているのか、集団でこっちを威嚇するように睨《にら》みつけるゴブリンたちに対して、俺はバイザー越しにラマテラスの索敵機能を駆使して外部情報を集めて行く。

そうすると、ある情報が気になった。

「…………ん？　体温五十度だって？　生物の体温として明らかに異常。それどころか全身に血液を送り込む心臓に至っては八十度以上⁉」

当たり前だが生物である以上、科学的にはこんな体温はあり得ない。

人間なら体温四十度以上であっても危険とされるのに、間違いなく火傷《やけど》するような温度を体内に宿すなんて。

こっちの世界なら火を噴く奴とか、そもそも火そのモノが意思を持ったなど異常な体温を持った魔物がいてもおかしくないかもしれないが……。

そんなあらゆる疑問や考察などを無理やりねじ伏せて、俺はブラスターで一体のゴブリンの一番温度の高い箇所〝心臓〟を狙い定めて、光線を発射……極細の光線はビシッと軽い音を立ててゴブリンの胸部に小さな穴を開けて貫いた。

「ガ……？　ガアアアアアアアアアアアアアアア！！？」

一瞬痛みも感じなかったのか不思議そうな反応を見せたゴブリンだったが、数秒後には絶叫を上げて全身を掻《か》きむしり始め同時に体のあらゆる個所から勢いよく蒸気が発生。

段々と全身が勝手に煮えたぎり始めて、しばらくのたうち回ったかと思うと骨だけになったゴブリンが苦しむ姿のまま残っていた。

「う……お？　こ、コイツは一体どういう……」

あまりにも非科学的な生物の死に様に俺も呆気《あっけ》に取られていたのだが、俺よりも動揺するリーダーの言葉で逆に冷静になる。

「心臓だ！　理屈は分からないけど一番温度が高くなっている心臓を狙えば倒せる!!」

「お、おおそういう事か！」

「なるほど、弱点さえ判明すれば！」

「みんな、下手にそれ以外を攻撃しないように気を付けてよ！　もうこれ以上の仕事は増やしたくないわ」

「「「ギャ……ギャギャ？」」」

さっきまで逃げる事しか考えていなかった連中が倒せるとなった瞬間に息を吹き返す。

逆にゴブリンたちは狩る側だと思っていたのに、一気に形勢逆転され戸惑い始める。

しかしそれでも闘争本能が勝ったのか、それとも連中にとってのプライドの問題なのか、少しだけ躊躇《ためら》いを見せたのみで再び襲い掛かって来たのだった。

……それから数分後、辺りには蒸気を上げて転がるゴブリンだった者たちの骨がそこかしこに転がっていた。

回復分裂が無くなり一匹ずつ倒せるとなった後はさすがはベテラン冒険者たち、大剣のリーダー格はあの巨大な武器で心臓を肉体ごとぶった切り、弓使いは弓矢で、魔導師は何やら貫通力のある魔法を打ち出して正確に撃ち抜いて行き、二十匹はいたはずのゴブリンたちはアッという間に殲滅《せんめつ》されたのだった。

疲労困憊《こんぱい》で膝《ひざ》をつく冒険者たちだったが、その表情には安堵《あんど》が浮かんでいた。

「はあ〜〜〜〜、いや〜助かったぜ新入り。お前さんの助言が無かったら今頃ヤツ等の餌だった」

「ゴブリンは頭の方がでっかいしそっちを狙うのがセオリーだから、咄嗟《とっさ》だと心臓を狙うとか考えないからよ……」

「本当にありがとう。今度こそ本気でスカウトしたくなったわ」

「はは……まあ全員無事で何よりって事で」

俺は曖昧な笑みを浮かべつつ蒸気を出して転がるゴブリンの骨に近づいて、そこらで拾った小枝を使って突っついてみた。

見た目は特に変わった事のない、いわゆる動物などと変わらないカルシウムの塊にしか見えないのだが、この短時間に全身の筋肉どころか内臓すらも消失してしまっている。

一体何がどうなればこんな死に様になるんだか……。

「何だったんだコイツ等？　さっきも聞いたけど、ゴブリン自体にこんな特殊な個体が自然に生まれる可能性とかあるのか？　それこそ魔力的な力のせいとか？」

俺の質問にリーダーの男が思案気な表情になるが、やはり思い当たる節は無いのか首を横に振った。

「死に様を見る限り魔術的な何かがあるとしか思えねぇが、自然発生って事はないだろうよ。個体としてゴブリンは元々魔力が少ない魔物だし、突然変異で魔力が高くなってもせいぜいメイジゴブリンになって群れの長になるとかその程度のハズだしよ。一瞬にして回復するとか分裂増殖するとか、そんなのは聞いた事もねぇ」

つまりこっちの世界の人間に一般的に知られていない魔物という事になり、そこはやっぱり人為的な介入を疑うべきなのだろうな。

ナディラが頭を悩ませる魔族たちの発生についてと同様に……そう思っていると魔導師の女性が何か思い当たったのか口を開いた。

「ねえ君、あのゴブリンたちは異常な熱を発してたって言ってたよね？　生きているのが不思議なくらいの」

「え？　ああ、少なくとも素手で人間が触れたらしっかり火傷するくらいの熱を心臓から発してたな」

「……関係あるのかは不明だけど、以前魔導学校の先生から聞いた事があるの。ある種の身体強化魔法を追求する実験があるって」

「身体強化魔法？」

つい最近自分でも体験した魔法なだけに少々身構えてしまうが、彼女は気にする事も無く話を進めていく。

「ネズミに特殊な魔法薬を注入する事で、魔法による身体強化並みの機能向上が認められたとか。でもそのネズミは凶暴性を増してあっという間に自分の仲間を食い殺してしまったとか……」

「薬で凶暴化……穏やかじゃないな」

「元々は魔力の低い者でも魔法を使えるようにする為の実験だったらしいの。でもその魔法薬を注入されたネズミは凶暴化しただけじゃなく、最後には全身が燃え上がって骨すら残さず消失したそうよ。そのネズミは自らの寿命を削って身体強化したんじゃないか？って言われているわ」

魔力ときて最後は魂ってか？　相も変わらず俺にとっての常識を真っ向から否定して来るような世界だ。

信憑性《しんぴょうせい》と言われれば彼女自身も首を傾げるところだろうが、それでも無視できる内容とは思えない。

異常な熱を持ったゴブリンと最後には燃え上がって焼失したネズミ。もしかして何か関係があるのだろうか？

仮にこのゴブリンたち、そして先日のゴブリンコロニー辺りが人為的な何かによる結果だとするなら……。

『バサラ！　応答せよバサラ!!』

その時、突然バイザーに愛犬モコモコからの通信が入った。

普段お茶らけてこっちの気分を和ませてくれるコイツが真面目に〝応答せよ〟とか言う時は大体碌《ろく》な事が無いんだが……。

非常に残念な事に、その予想は当たっていたようだ。

「……どうしたモコモコ」

『バサラ！　たった今王都内で爆発を検知、あのお姫様が帰ったハズのお城からでっかい黒煙が立ち上って……』

俺は次の瞬間にはホバークラフトに飛び乗って急発進していた。

背後から冒険者たちの声が聞こえるものの構ってはいられない。

一度でも同じ釜《かま》の飯を食ったヤツと翌日にはもう会えなくなる……そんな理不尽には二度と遭いたくなくて誰かと関係を深く持つ事はしなかったというのに！

待機中のラマテラスに向かってアクセルを全開、速攻でトップスピードまで持って行きつつモコモコと通信を続ける。

「原因、被害状況、そしてあのお姫様は無事なのか？」

『お姫様の安否は不明、状況的に被害者が多数出ているのは間違いない。原因は……何だコレ？　巨大な何かが城から上る煙の中にいる？』

「巨大な何か？　またオーガとかトロルか？」

『い、いや……コイツは……』

森の中と同様に王都もレーダーで確認しているだけで詳細が分かる訳じゃない。

しかし大きいか小さいか、そのくらいのある程度の目安くらいなら判断できるのだが、モコモコの次の言葉は何かの間違いであって欲しいと切に願った。

冗談や軽口を叩《たた》くアイツであるが、ロボットである以上情報確認においてミスがある訳が無いと分かり切ってはいても……。

『ぜ、全長……最低でも五十メートル。軽くビル一個分はある巨大な生物が城を破壊している。まるで怪獣映画みたいな……』

「…………勘弁してくれ」

モコモコの情報だけで思わずそんな声が漏れてしまう。

＊

それはバサラとモコモコが王都の異変を察知するより少し前の事。

「魔力無しの魔獣装甲について調査結果が出たと報告を受けたが？」

魔導研究院より二日前に依頼した調査結果が出たと報告を受けたナディラは、急遽《きゅうきょ》城内の離れにある研究棟を訪れていた。

そこで彼女は魔導研究院の長である長老の称号を持つ女性サリファから驚愕《きょうがく》の結果を聞く事になった。

「では……やはり魔力量が少なく魔法が使えない者であっても魔獣装甲に至れる方法は存在するのだな？」

「ああ、姫様の話を聞いて真っ先に思い当たったのは魔獣装甲じゃなく身体強化魔法についてだったがね。知っとるだろ？　無理な身体強化を行うと寿命を縮めるってネズミの実験の話は」

「あ、ああ……魔導を一度でも齧《かじ》った者なら必ずと言って良いほど聞く事になる雑学のような話だからの」

奇しくもそれは同時期にバサラが冒険者の魔導師から聞かされた話と同様の物で、魔導を学ぶ者たちにとっては共通した与太話にも近い認識でもあった。

しかし長老サリファは真剣な表情を崩す事無く話を続ける。

「だが件の話の中で必ず出て来る〝魔法薬〟は実在するらしい。百年前の文献を漁って見つけ出したが、禁呪の類としてのう。なにせネズミどころか魔物にも人間にも効能があるとの事じゃからな」

「禁呪だと!?　使用はおろか現物も魔導書の所持すら極刑に値する代物ではないか！」

驚愕の声を上げるナディラであったが、考えれば考えるほど禁呪として規制するのは当然の事にしか思えなくなる。

何しろ膨大な魔力を得るために寿命の全てを使い切るという人道無視の魔法薬なのだ。犯罪だろうと戦争だろうと、まともな考えを持つ為政者であれば認めるハズも無い。

「その魔法薬、長老には作り出す事は可能であるか？」

「出来ん事はない……が、少なくとも材料が特殊過ぎて手に入れられない。というか手に入れたくない代物ばかりじゃな。まともな人間であれば絶対に入手しようなど思わん」

その表情は誰とも知れない〝手に入れようとする者〟を唾棄《だき》するような不快感に満ちていて……ナディラはそれ以上の事を聞くのを止めた。

材料が魔物の糞尿《ふんにょう》であっても笑い飛ばす長老が不快に思う材料など、ナディラとて聞きたいとは思えなかったのだった。

「姫様が懸念した通り、才なく上手く行かずに腐っている連中が仮にもし、この類の魔法薬を手にしていたとしたら？　言葉巧みに〝強くなって見下して来た連中を見返す事が出来る〟などと唆《そそのか》されていたとしたら……そして」

「対価が己の魂を削る事と知らされていなかったとしたら……」

自分が今まで戦ってきた魔族と思しき連中全てが仮にそうだったとしたら……そう思うとナディラは言いようのない不快感に見舞われる。

「長老、ちなみに魔法薬で魔獣装甲した者は元に戻る事は出来るのであるか？」

「寿命が尽きる前に魔獣装甲を解除する事が出来ればな。だが魔族と言われるほど体内に膨大な魔力を有している者ならいざ知らず、これまで魔力を扱った事も無いような輩に魔力操作なんて技術があるワケもない。方法はただ一つ、姫様も知っての通りじゃよ」

「そう……であるか」

寿命を迎える前に殺される事で死体として人間に戻るが、寿命を迎えて実験のネズミ同様に燃え尽きるかの違いしかない。

そう思うとナディラの口から自然とため息が漏れた。

「オーガから人の姿に戻れた彼らはバサラと出会えて幸運だったのかもしれんな。たとえ半身を失った姿であっても」

A S《アーティフィシャル・サン》ライフルで撃ち抜かれた悲惨な姿でも当人たちが幸運だったと思えるかは疑問であるが、そうでも思わないとやっていられない……ナディラとしては、もうそう思うしか無かった。

「仮に、もしもそんなもんが国内に入り込んでおるというなら、あまり考えたくないが検閲などをすり抜ける用意周到なルートが確立されておるか、あるいは……」

「検閲などをスルー出来るほどの権力を持つ何者かが関与している……」

長老の懸念事項を理解したナディラは背筋を凍り付かせ、そのまま研究棟を飛び出す。

禁呪などに分類される程の代物が国内に出回っている事だけでも問題だが、それを意図的に密輸出来る者が上層部、つまり貴族の中に存在するというなら、それはもう国家転覆を目論む何者か、もしくは他国の侵略行為に加担する反逆者。

原因が件の魔法薬である確証はないにしても、実際に魔法も使えなかった連中が魔族化する事件は起こっているのだ。

ナディラとしては最早一刻の猶予も無いとしか思えない。

『どれほど日和見で事なかれである父上たちであっても、貴族に反逆の兆し、自分自身に危害が及ぶ危険性を伝えれば……業腹《ごうはら》ではあるが我が身は可愛い連中であるから少しは危機感を……』

自分の家族の性格をよく分かった上で、一刻も早く国王《ちち》へ奏上する為に謁見の間を目指して廊下を駆けるナディラだったが、その途中彼女は自分にとって家族内で唯一味方と思える長兄カルマゼンに声を掛けられた。

「どうかしましたかナディラ？　そんなに血相を変えて。いつもの美しさが台無しではないですか」

「あ、兄上！　丁度良いところに……実は大変な事が発覚しまして、早々に父上へ奏上せねばならぬ事が……」

「穏やかではないね。普段であれば報告などは私に上げてくれるというのに」

「あ……、申し訳ありません。たとえ家族であっても国王への奏上は序列を考えねばならぬ事は分かってはいるのですが」

　最近頻出する魔族が、実は魔法も使えない一般人が禁呪によって魔族化した可能性、そしてその魔族化を可能にする魔法薬が既に国内に出回っている可能性、更に国内に持ち込む為に検閲を通過させた貴族による反逆の可能性……次兄のナールムであれば鼻で笑うかもしれない内容を長兄カルマゼンは最後まで真剣に聞き、唸《うな》った。

「ふむ……それは大変な事態だね。早急に対処しないと何もかもが手遅れになる」

「はい、もしも件の魔法薬による魔族化を国内全土で一斉にやられたとしたら混乱は必至、そのタイミングで他国が攻め入ろうものなら……」

　魔法薬による魔獣装甲は時間制限があるとは言え、それこそ個人差があるし攻撃の先手としては十分。

　いわゆるゲリラ戦法、自爆特攻のように使われてしまえば昨日までただの隣人だと思っていた者が突如凶悪な魔族になるようなもので、被害は甚大なモノになる。

　その懸念は最早市井《しせい》だけのモノではなく、貴族が関わっているかもしれない以上警備万全に思える城の中であっても既に安全とは言えない。

「国家転覆を目論むなら真っ先に狙うは上層部……まずは国王《ちちうえ》に迫る危機を伝える必要が」

「いやいやナディラ、それは大げさだよ、何せ偉大なる魔族の王はこんな国に興味は無いからね。精々薄汚い人間たちが絶望に沈み、怨嗟《えんさ》の声を上げる姿をお望みなだけでさ」

「…………え？」

その時、耳にした長兄の言葉にナディラは思考が停止する。

家族の、王族の中で最も尊敬し信頼を置いていた兄の言葉を何一つ理解する事が出来ず。

「しかし早急に対処する必要が出て来たのは本当だよ。まあ気が付くとしたら父や弟のような俗物共ではなく、私の事を侮らずに付き合えて、魔導機兵の必要性も理解できるナディラしかいないとは思っていたけど。まさか折角増殖に成功したゴブリンコロニーまで一人で潰《つぶ》してしまうなんて……君はどこまでも私の予想と期待を裏切ってくれるよ」

「あ……兄上？　一体何を仰って⁇」

混乱するナディラはカルマゼンが今まで見た事も無い、どこか虚ろでどこも見ていない濁った瞳《ひとみ》で不気味に薄く笑う表情に、言いようのない寒気を感じた。

いつも優しく、国民の為にと他の王侯貴族たちに何を言われようとも応援し、助言を与えてくれた、良く知る長兄の姿がそこには無かったから。

「実は魔力無しの一般人の魔族化とゴブリンコロニーを形成した原因は全く同じでね。あの魔法薬を肉体に注入されると、その個人に備わった資質や性格に反映された強化が成されるらしいんだ。色々気に入らない何もかもを叩き潰したいと思っていれば巨人の、オーガの姿になったり、元より繁殖力が旺盛《おうせい》なゴブリンであれば繁殖、分裂を繰り返してでも沢山になろうとしたり」

「あ……兄上……ま、まさか…………」

「もっとも、どちらにしても己の命を燃やし尽くした先に至る結果は変わりがないのだが……この薬に身を委ねた時点でね」

そして微笑を浮かべるカルマゼンが手にしていたのは、一本の注射器に入った気味の悪い緑色をした何かの薬液。

それが何なのか、ナディラは理解したくなくても理解せざるを得なかった。

「まさか……まさか兄上が！　ウッ⁉」

次の瞬間、ナディラは何かに死角から横腹を強打されて廊下の壁に叩《たた》きつけられた。

カルマゼン以外誰もおらず、確実に視界に収める正面を向いていたというのに攻撃された事に納得が行かなかったナディラであったが、倒れ込む際に視界に入ったモノに驚愕。

それは長兄カルマゼンの背後からゾロリと伸びた巨大な尾……爬虫類《はちゅうるい》の如き鱗《うろこ》に覆わ

れた黒く禍々しいドラゴンの尻尾《しっぽ》だった。

「残念だよナディラ。君は唯一私をバカにしなかった、能力を認めてくれた人だった。武力も魔力も、才能など示さなければ私は君の優しい兄でいられただろうに」

「あ……に……うえ………」

気を失う直前にナディラが目にしたのは、どこか寂しそうな笑みを浮かべる、人間として見る兄の最後の姿であった。

*

人生で絶望を覚えた瞬間はいつだっただろうか？

病弱ゆえに体格に恵まれず、持った剣の重さに耐えきれずに落としてしまった時だろうか。

それとも魔法を使える程魔力を有しておらず、魔導師となる事さえ叶《かな》わないと知った時だろうか？

いや……違うな、やはり一番の絶望を覚えたのは、誰にとっても自分が必要が無い存在だと自覚してしまった時だろう。

王という存在が人の上に立つ象徴であるがゆえに、自分のような病弱で非力な人間が国王に相応《ふさわ》しくないという事は当の昔に理解できていた。

たとえ学が無くとも傲慢《ごうまん》な性格であろうとも、次兄ナールムが次期国王と目されているのは明らかで、その事にはいささかの不満も無かった。

だからこそ、自分は違う分野で家族の為、ひいては王国の為に役立てるように学を磨き知識を蓄える事に終始した。

その為であるなら役職も地位すら無くても良い、国政にとっての都合の良い相談役……いや辞書役ですら構わないとすら思っていた。

……しかし現実は私の想いとは裏腹に、便利な辞書の役目すら与えてくれなかった。

どれほど勉学に励もうと知識を蓄えようと、自国だけでなく他国の情報も集め利益や危険を奏上しようとも、国王である父の言葉はいつも同じ『あ〜よいよい、お前は余計な事をせずにワシ等に任せておれば……』であった。

外貨で潤い砂漠と海の天然の防壁に守られ長く戦乱とは無縁であった国王にとって発展も危機意識も無く、現状を動かそうとする意見その物が余計な事でしかなかったのだ。

どれほど強く他国の脅威を必死に説いても〝病弱で武力も魔力も無い無能が出しゃばるな〟と耳を傾ける事すらない。

自分が唯一役立てる知識を、利用価値を全て封殺されてしまう現状……挙句何の成果も出す事のない自分の事を国民は〝王族の中でも無駄飯食らいの役立たず〟であると侮蔑《ぶべつ》の目で見始める始末。

それが国の為に、国王の為に陰で働いた結果であるなら甘んじて受け止め、誇りにすら思えただろうに……。

そんなくすぶり続ける日々の中、唯一私の価値を認めて有効に活用してくれたのは、年の離れた妹ナディラだった。

知らない事は何でも聞いてくれ、未知の知識を得た時は屈託のない笑顔で〝やっぱり兄上は何でもご存じなのですね〟と言ってくれて……自分の知識、存在の全てを妹に捧《ささ》げても良いとすら思ったものだった。

ナディラに魔力の才能が認められ、魔族にすら対抗しうる魔導具の結晶『魔導機兵』の操縦すら可能であると知ったあの日までは……。

自然と笑みが浮かぶのが分かる。

何一つとして面白くもないのに、笑う事しか出来ない。

さっきまで生きてしっかり喋《しゃべ》っていたハズの近衛兵……確か言っていたのは『動くな』だったか、それとも『神妙にしろ』だったか？

いずれにしろ〝首だけ〟になって今では何かを喋る事も出来ないだろうなぁ……軽く腕を振っただけでもぎ取れてしまった首を眺めつつ思う。

「あ〜そうかそうか、私が一番絶望したのはあの日なんだな。ナディラに才能があった事っていうよりも、妹が自分と同じじゃなかったって事がショックだったから……」

結局自分だって変化を恐れていた……コイツ等と同じだったという事か。

そう思うとさっきから玉座から転げ落ちて弟と一緒にガクガク震えている国王《ちち》の情けない姿を滑稽《こっけい》と断ずる事も出来ず、笑うしかない。

「な、何があったのだカルマゼン……その姿は一体…………」

「ひ、ひぃいいい⁉　ばばばば化け物⁉」

「お二人とも、上に立つべき王族は常に軽く見られないようにどっしりと構えなくてはいけない。弱弱しい姿、怯《おび》えた情けない姿を見せるものではないと常々仰っていたではありませんか。この程度の事でうろたえないで下さいよ」

命を糧に一時的に魔族に至る魔法薬『グリモワール』によって変質途中の私程度で動揺していてはそれこそ示しがつかないだろうに。

「この魔法薬の危険性も外部からの侵入経路も当の昔に報告していたハズですが、私の報告など取るに足らないと判断したのは貴方《あなた》でしょうに。たとえ腕が倍くらいに膨れ上がろうと、爬虫類の如き尾が衛兵たちをなぎ倒そうと、顎《あご》が徐々に裂けて無数の牙《きば》が伸び出す様を見せ付けられようと……大した事ではないといつものように断じて下さいよ……お二人とも」

「ひ、ひいい……何だよそれ……そんな報告を受けた記憶は……」

「無いのだろうなぁ……だからこそ君らはここで終わる事になるのだから」

怯えて腰を抜かし、失禁すらしている弟は元より、騒ぎに駆け付け取り囲んでいく二十人程度の衛兵たちですら、羽虫や蟻の如く踏みつぶせる圧倒的な力が漲《みなぎ》るのを感じる。

こうなると思ってしまう……今まで自分はコイツ等に何を期待していたのだろうか？

「な、何をしておる衛兵共！　そ奴は最早化け物の類、我が息子などでは断じてない！即刻打ち取れ！　化け物を殺せ!!」

「「「「「御意!!」」」」」

息子に対する殺害命令、別にそれがあろうと無かろうと結果は変わらなかったのだが、その号令がある種の踏ん切りを付けるきっかけになった。

〝あの方〟は私の事を有効に使ってくれて、尚且つ力も与えてくれた偉大な方ではあるが、計画に失敗して二度の機会を下さるほど慈悲深くはない。

ナディラに真相がバレてしまった今となっては、せめて命を賭《と》してこの国程度は道連れにしなければ示しが付かないからなぁ。

私は自身の命を糧に湧き上がる初めての感覚、腹の底から燃え盛る『魔力』を集中させると、取り囲む衛兵たちはギョッとした顔をして魔法杖《じょう》を構えた。

「魔力の異常な上昇⁉　全員火精霊魔法最大出力！　詠唱後一斉掃射‼」

「「「「「火精霊突撃槍《イフリート・ブレイク》‼」」」」」

ドドドドドドド‼

さすがは国王を直接護衛する為に選別された衛兵たち、平和ボケしたこの国であってもそのスピードで、しかも精霊と契約した魔導師の中でも上級の者しか使用できない精霊魔法を発動させるのだから大したモノである。

普通の人間であれば一射一射で穴だらけにされて原形すら留められないだろう。

しかし魔族化した体には何一つの痛痒《つうよう》すら感じる事は無く、直撃で起こった黒煙が晴れた時、傷一つない私の姿を目にして衛兵たちは絶句していた。

なるほどなるほど……これこそが強者の愉悦、弱者を見下す事が出来る快感というモノなのか。

今なら父や弟が自分の事を見下していた気分が分かる。

ゲスな考えと分かってはいるのに、堪えられない快感であるのは否定できない。

「では、先に地獄で待っているといい。なに、心配はいらないさ、あまり時を置かずにアスカラリムの全ての国民が君たちの後を追う事になる。私という裏切り者も含めて……」

「や、やめろ、やめてくれ、カルマゼン!!」

「ああ、兄上ええええええええ!!」

湧き上がる恨み、嫉妬《しっと》、憎悪、全ての感情と共に己の口から放たれた灼熱《しゃくねつ》の業火が全てを燃やし尽くす。

その瞬間、本当に何年かぶりに父が自分の名を、弟が兄と呼んだような気がしたのだが、人間も含めて全てを燃やしていく激しい炎はカルマゼンという人間の心すらも燃やし尽くしたのか……何の感慨も湧く事は無かった。

＊

到着と同時にラマテラスにドッキングを果たした俺はそのまま垂直離陸、王都に向けて急発進する。

今回は王都からそれ程離れていない場所にいた事で、時間をかけずに目的の王都が見え始めた。

ナディラは小国と謙遜《けんそん》していたのだが、やっぱりフラメアなどの町に比べれば立派な町並みをしていて、普段は行き交う人々や商人たちの喧騒《けんそう》などで賑《にぎ》わう場所である事は予想できるのだが、今日に限っては中心に立ち上る巨大な黒煙のせいで逃げ惑う人々の悲痛な状況しか目に入ってこない。

王都上空、丁度黒煙を上げるアスカラリム城に到達してラマテラスを白兵戦形態に変形、そのままホバリングしていると、瓦礫《がれき》と化し黒煙を上げる城の中心で蠢《うごめ》く巨大な生物がハッキリと見えた。

『ガアアアアアアアアアアアアアア‼』

咆哮《ほうこう》を上げるソレは腕を振り上げ巨大な翼を広げて、黒煙の中必死に張り付く数体の魔導機兵を投げ飛ばし破壊して行く。

その様はまさに怪獣映画でなすすべなく蹂躙《じゅうりん》されていく人間といった様相。

実に困った事にこれが映画ではないという、どうしようもない事実を前に俺は現実として目の前の生物を認識せざるを得なかった。

「黒い……巨大なドラゴン？」

ナディラが乗って来たのが飛竜だったという事にも驚いたが、馬とか象とか既存の動物などと同じようなサイズだと言うから納得できたのに……。

「こんな巨大な存在が生き物であるなど最早何でもありじゃねぇか！」

全身を黒い鱗《うろこ》で覆われ巨大な翼を広げ、巨大な顎に無数の牙を光らせる。

そして咆哮と共に炎のブレスを吐き出したのを見たところで……最早突っ込む気力すら無くなった。

「あんな巨大な生物、重力下でどうやって動けるって言うんだよ⁉」

「それすらお得意の魔力でどうにかやりくりするんじゃないの？　重力を考えればあんな大きさの生き物が地上で動けるハズもないんだ。こうなればもう翼を羽ばたかせて空も飛ぶんじゃないの？」

「ったく、深く考えれば考えるほど馬鹿らしくなりやがる。だが、これだけは……戦場ってヤツのルールだけは変わりがないのな」

どんな巨大な力、理不尽な兵器であっても結果は同じ、無関係な人が犠牲になり良いヤツから先に殺されて行く。

世界が違う、文明が違う、新たな火種を作りたくない……それは今でも思っている。

眼下のドラゴンが敵なのかどうなのかは判断が付かないが、それでも周りも足元も気にする事なく暴れる様を容認できるほど、俺は賢くはない。

「モコモコ、使用可能な武器はＡＳライフルと『カタナ』以外に何かあるか？」

「……分かっているでしょ？　最終決戦でＡＳリアクターに接続する機構がイカれたままだから、それ以外の使用可能な武器は両腕のグレネード、効果があるとも思えないビームバルカンしか無いよ。精々エースの腕前を頼りに残存兵器で生き残る事だね」

絶体絶命の戦場で生き残ってしまう。

ただ他の連中よりも長く戦場にいたというだけで、いつの間にかエースと呼ばれてしまった時にも一緒にいた相棒の言葉に苦笑しか漏れてこない。

「さて化け物め、お前は俺の死神なのか否か答え合わせと行こうか……戦闘、開始だ!!」

俺はある種の期待を込めて、ラマテラスのＡＳライフルを地上の黒いドラゴンの顔面目掛けて発射した。

そして光線がドラゴンに直撃する瞬間、ドラゴンは初めてこっちの姿に気が付いたようで目が合ったのだった。

バチイ!!

まるで感電でもしたかのような音を立ててＡＳライフルの熱線が弾け飛んだ。

今までこの世界に来てから一度として致命傷にならない魔物はいなかったというのに、顔面に直撃を受けたはずの黒いドラゴンは何の傷も負っていないようで……こっちを見上げたその表情はまるで嘲笑《ちょうしょう》しているかのように見える。

それはドラゴンだというのにまるで『神坐の民《かみざ》』共を相手にしていた時と同じような蔑《さげす》んだモノと同等に見えて……非常にイラっと来る。

「チッ……生物であるなら熱線で焼かれなきゃおかしいだろうに、無傷だなんてアリか？」

今までもASライフルを弾かれた経験は何度もあるが、それが細胞を持った生物が皮膚で熱線を弾くとかデタラメもいいとこだろう！

「ファンタジーじゃドラゴンの鱗は剣も魔法も通じない、マグマですらへっちゃらなくらい頑強だっていうのは定番な話だけどね！」

「せめて魔法的なナニガシであってくれよ！　これだから異世界ってのは!!」

愚痴ったところでどうにもならんのは分かっているけど、言わずにはいられん。

しかし異世界の理不尽はまだ終わっていないようで、こっちを見上げていたドラゴンは大きく翼を広げ、そしてその巨体では想像もつかない速度で上空に飛び上がって来たのだ。

「うわ!?　は、はええ!?」

あの巨体でミサイルの如きスピード、あり得ない動きに俺はラマテラスを激突しないように操縦するのでやっとであった。

そして信じられない事態はまだまだ続く……何とあの巨大なドラゴンがラマテラスと同じ高度を翼を軽く動かして浮遊しているのだ。

冗談交じりにモコモコが翼を使って浮遊、なんて言った事が現実になっていやがる。

「お前……いらん事言うから現実になったじゃねぇの。責任取れよ」

「僕のせいじゃないと思うけど……」

さすがに異世界に寛容だったモコモコも身の危険が伴うと冗談も言っていられないようで、尻尾《しっぽ》を落として縮こまってしまった。

重力無視で飛行……もうここまで来れば驚く要素もそう多くはないのだが、向こうは芸達者なのかサービス精神が旺盛《おうせい》なのか、最後のサプライズを用意していた。

あんな巨体であるにもかかわらず物凄《ものすご》いスピードで腕を振り下ろし、鋭い爪が迫って来る。

重力どころか物理法則も何もあったモノではない!!

「ふざけやがって！　図体のワリに速すぎんだよ!!」

ドガアアアアアアア!!

巨大なドラゴンの強烈な一撃、普通ここまでの巨体が動くにはそれなりの時間を要するはず。

蚊が人間を遅いと感じるように反応速度が違うはずなのに……その動きはラマテラスの反応速度に匹敵するほどだ。

瞬時に回避行動に移り背面のスラスターを最大出力、更に直撃を避ける為に左腕のシールドで捌《さば》く事で機体全体を回転させた。

直撃は避けられたものの、掠《かす》めただけの威力でも半端ではなく同時に発生した風圧がラマテラスを地上へと叩《たた》き落とす。

「うおおおおお⁉」

「左腕損傷！　駆動部異常発生、パワー半減！　墜落するぞバサラ‼」

「掠めただけでコレか⁉　神坐の連中だって一機のパワーでここまでバカげたのはいなかったってのに、デタラメが過ぎるだろうが‼」

向こうは重力も物理法則も無視しているクセに、こっちはしっかりと重力の影響を受けて落下している。

このまま墜落爆散したら人口密集した王都に巨大な穴をこさえる事になるだろうが！

「こなクソ！」

何とか空中で体勢を整えてからリアクターを全て後方へ集中させるように変形、八基全てを地表に対して最大出力で噴射させる。

急落下とは逆方向の力による急停止、ゴンという反動に一瞬眩暈《めまい》がして吐きそうになるが何とか王城の前に着陸する事には成功する。

「あ、あぶねぇ……あと数秒遅かったら爆散必至だったぜ」

しかし軟着陸を成功させたと思いきや、愛犬から容赦ない叱責が飛んで来た。

「ホッとするなバサラ！　追撃が!!」

「うお!?」

『ゴアアアアアアアアアアアアア!!』

慌てて上空へ視線を向けると、既に急降下しているドラゴンの巨体が数十メートルまで迫っていて、俺は慌てて『カタナ』を発動させた。

そして勢いそのままに再び振り下ろされたドラゴンの爪を光の刃で迎え撃った。

ギャン……

その時、一瞬ドラゴンの爪が光の刃とかみ合わさり、鍔迫《つばぜ》り合《あ》いのようになったかと思うと、数秒の後にドラゴンの爪が斬り飛ばされた。

「…………焼き切れた？」

『…………グガアアアアアアア!?』

その事実に俺よりもドラゴンの方が驚いたようで、こちらを睨《にら》みつけながら急激に距離を取った。

痛みを感じているのだろうか？

「これは……完全な熱への耐性があるワケじゃないのか？　今明らかに『カタナ』の熱で焼き切る事が出来たよな？」

「ASライフルみたいに一瞬の攻撃には耐えられても持続する高熱には耐え切れないようだね。一応『カタナ』の熱はマグマを凌駕《りようが》する一万度には達するからね」

「もしかしてこの方法なら……うげ⁉」

一発一発じゃなく直火で焼けば……モコモコの言葉で少々光明が見えたようにも思えたのだが、その考えが甘いとでも言うようにドラゴンの失われた爪が新たに伸びて行く。

「一番厄介なのは耐久力じゃなく回復力の方だってか？」

「……おまけに焼き切る為の所要時間はさっきを参考にするなら二秒ほどかな？　こっちは一撃受ければ終わりの状態で攻撃方法が『カタナ』一本、どうしたって攻撃は単調になるのに二秒の硬直時間が生まれる。あっちが再生能力を武器にその二秒を狙ってきたら」

「ったく明るい情報がねぇなぁ！　何か無いのかよ、ヤツの再生能力を使わせずに倒す方法ってのは⁉」

一瞬の隙が命の危機に直結する戦場において、二秒など何度死んでもおかしくないくらいの大きすぎる隙でしかない。

こういう時に前の世界であるなら部隊を編成して連携、攻守を分ける事で何とか切り抜けるモノなのだが……この世界において俺はただの異物、異邦人、仲間と呼べる者はいない。

無い物ねだりをしていても話にならない。

「一万度の『カタナ』で焼き切れるんだから、それ以上の超高温の攻撃をぶつける事が出来れば、間違いなく再生能力なんて関係なく一瞬で全部焼き付くす事が出来るだろうけど」

「……それこそ無い物ねだりでしかないだろ」

モコモコの示しているモノ……それを使えば確かにたった一撃であのドラゴンを燃やし尽くす事は容易だろう。

しかし、今のラマテラスは最終決戦で受けた損傷が原因で人工太陽炉の最大攻撃を行う手段が失われているのだ。

ゾクリと……久々に絶体絶命な緊張感が全身を覆う。

何度も何度も、前の世界では地上であっても宇宙であってもこんな状況を経験してきた。

しかし何度経験しても慣れる事などアリはしない。

天秤《てんびん》に掛けるモノが自分の命だけならもう少し気楽であったろうに……いつもいつも、俺に付きまとう死神ってヤツは俺以外の命を欲しがりやがる最悪な外道だぜ。

そして、そんな外道を連れて来る俺という存在もまた……。

「バサラ、考えている時間は無いみたいだよ。ヤツの口から超高熱反応が……」

「……え？」

モコモコの言葉に従いドラゴンの口に注目してみれば、サーモグラフィーを使わなくとも分かるくらい、煌々《こうこう》とした光が集中し始めている。

どう考えても、それは何かを打ち出す……いや吐き出そうとしている前兆。

巨大戦艦の大口径ビーム兵器の如く、高温なヤツでカタを付けようとしている⁉

「知っての通り、ラマテラスには一万度の攻撃に二秒どころかコンマ一秒だって耐えきれる耐熱性は無いよ？　あのブレスが一万度あるかどうかは分かんないけど」

「今一番再確認したくない情報をありがとうよ！」

人工太陽炉を内蔵しているからと言って、ラマテラス自体の耐久性は一般的なＭＪ《メタルジヤケツト》よりやや強い程度、下手に攻撃を受ければ破壊される。

ここは攻撃の瞬間を見計らって上空へ回避するのが得策……と判断したその時、モコモコがモニター越しに何かに気が付いた。

「ダメだバサラ、後ろの半壊した城の三階部分に！」

「三階？　一体どうし……⁉」

俺は最後の〝た〟を言えずに飲み込んだ。

件の三階部分に視線を向けて、半壊した瓦礫《がれき》の端に引っかかるように倒れ伏し気を失っている、知り合いにしてこの国の王女でもある女性、ナディラの姿を確認する。

ここが城である以上、どこかに彼女がいる可能性は考えてはいたが……まさか選りにもよってこんな場所に!?

こんな状態で上空へと避ければどういう事になるか……まるでドラゴンはその俺の一瞬の迷いを見透かしたかのように、その大口から高熱のブレスを吐き出した。

『ゴアアアアアアアアアアアアアアアア!!』

「クソ……ったれえええええ!!」

避けたらナディラが死ぬ!!

そう判断してしまった以上、ラマテラスに回避をさせるワケには行かない。

これ以上……これ以上俺より先に同じ釜《かま》の飯を食った大事なヤツが逝ってしまうのを認めるワケには行かない!!

俺はシールドを構え、ドラゴンのブレスの直撃を受けるしかなかった。

それは火炎放射器など問題にならない程広範囲で高温の炎の塊。

その威力はラマテラスの耐熱性を余裕で上回るモノらしく、急激に上がる表面温度に警報が鳴り響き……そして最も耐熱性に優れているハズの操縦席の体感温度も一気に上昇して行く。

「ぐあああぁ!? ヤバイヤバイヤバイ! このままじゃラマテラスごとナディラも」

このまま炎を浴び続けラマテラスの装甲が融解してしまえば結果は同じ、ただの共倒れになってしまう。

しかしだからと言ってもう二度と……笑い合った、親しくなれたと思ってしまった誰かを死なせるなど、もう会えなくなるなんて世界が変わっても心から御免だ!!

「だから、もう深い仲になるヤツを……特に戦友だけは絶対に作らないって決めていたのによおおおお!」

次第に警告のアラートが大気圏突入時並みにけたたましく鳴り響き、いよいよもって覚悟を決めなくてはならないか……そう思った時だった。

突然激しく浴びせ続けられていたドラゴンのブレスが止んだのだった。

「な……何が起こって………!?」

もしや燃料切れ? あるいはドラゴンにとってブレスが呼気と同義なら息継ぎか何かなのか?

そんな俺の予測は目の前で繰り広げられる状況に否定される。

「貴様等! 姫様を守る栄誉を白の巨人一人に任せるワケにはいかん! その役目は本来

る姿であった。

俺には作業用の重機ロボにしか見えなかった魔導機兵を操縦して巨大なドラゴンに群がる姿であった。

それは以前ギルドで最悪な顔合わせをしたナディラお抱えの近衛魔導機兵団たち。

「口を閉じろ！　この化け物めがあああああ!!」

「これ以上の攻撃を許すな！」

我々のモノであると知れ!!」


当然サイズはラマテラスよりも小さいのだから群がる様は人に群がる小動物のようだが、それでも集団で襲い掛かり全力で腕を、足を、そしてブレスを吐き出す巨大な顎《あご》を無理やり閉じに掛かり、隙間から炎が漏れ出す様子が見て取れる。

当然だが乗るというよりは着ると表現した方が近い魔導機兵はスカスカであり操縦士はほとんど生身の状態、炎の熱さなどこっちの比ではないし、一撃のパワーで潰《つぶ》されてもおかしくはない恐怖に晒《さら》される事になる。

『ゴアアアアアア!!』

「ぐあああああああ!?」

「ゴブ!?」

案の定最も口に近いところで押さえつけたヤツ等は全身を焼け爛《ただ》れさせ、鬱陶《うっとう》しそうに振り回された数体の魔導機兵は地上に叩《たた》きつけられて一撃で大破、形状からして脱出装置などあろうはずもなく、それだけで操縦士が犠牲になったのは明らかだった。

しかしそれでも、次は自分であるという恐怖に晒されながらも連中はまとわりつくのを止めない。

「全員、何としても白き巨人を、姫様をお守りするのだ！　我らの手でそれが叶《かな》わぬのは癪《しゃく》であろうが、時間さえ稼げれば!!」

チラリとこっちに視線を向けたのは俺に偉そうな講釈を垂れて来たガイアスとかいうやつだったか？

その表情は不承不承、心から気に入らないという心情がアリアリではあったが、それでも自身のプライドよりも結果を優先させ、炎に焼かれながらもドラゴンに取りついて離れない……自分の命さえも時間稼ぎに使おうとする軍人としての、そして忠臣としての矜《きょう》持《じ》があった。

あの気に入らない尊大な態度が口だけの張りぼてであれば、遠慮なく嫌えるというのに。

「ったく、どの世界にもいるもんだな。嫌いになれないバカってヤツはよ！」

「自分がその筆頭格だったって事を忘れるべきじゃないけどね」

明るくもなければ暗くもない、でも明らかにそこは現実の世界ではないフワフワとした、地に足が着かない場所である事は分かる。

ナディラは気が付くとそんな場所に自分がいる事を疑問に思いつつ、同時にここがどこなのかを理解した。

「もしかして……これが精神世界《アストラル・サイド》？　魔導師でも精霊と対話し契約できる者のみが至れる現実とは表裏一体の世界…………う⁉」

それは精霊と契約できるほど上位である者だけが知覚できる世界。

知識としては知っていたが、私には今まで一度も知覚する事が出来なかった場所。

そんな場所に何故自分がいるのか、そう戸惑うナディラであったが、その戸惑いは驚《きょう》愕《がく》に塗りつぶされる。

その場にいるのは自分だけではない、他に圧倒的なモノが存在していたのだ。

それは光る球体のようにしか見えないのだが、人知を超えた魔力を有しているのは一目《いちもく》瞭然《りょうぜん》、魔力のみで構成されている存在感……ナディラは瞬時にその存在が『精霊』であると思った。

　今まで聞かされていた火の精霊や水の精霊と対話、契約を果たした魔導師たちの話に比べると妙にござっぱりしていると言うか、特徴のない姿に違和感を抱くものの、そう判断したナディラは恐る恐る話しかける。

「私の名はナディラ、アスカラリム王国の第二王女です。貴方《あなた》は……どちら様ですか？　お名前、教えて頂けますでしょうか？」

『…………通常ルート外からのアクセス確認……警告します、不正アクセスを確認』

「え？　何です？　ふせいあくせす⁇」

　しかし返って来たのは酷く棒読みで人間味の無い、バサラが聞けば機械的と表現するであろう声。

『個体識別番号００１、ＡＳシステム搭載型メタルジャケットプロトタイプ、通称ラマテラスメイン動力人工太陽炉へイレギュラーによるアクセスを確認。侵入者に対して警告いたします』

「は？　ラマテラスですって？　では貴方はラマテラス本人であるというのですか？　まさかバサラの世界では精霊を魔導機兵に封入……いえ、精霊を作りだす事まで可能にしているというのですか⁉」

『……イレギュラーに対し、質問内容を否定。ラマテラスの動力人工太陽炉は神坐《かみざ》の民により人造されたエネルギー機関であり個別に生命を持つ存在ではない。セイレイなる存在ではありません』

精霊ではない、その答えはある意味でバサラの予想通り。

しかし人工太陽炉を魔力の塊として、こんな風に精神世界からラマテラスに接触できる事態は全くの予想外であった。

それはまるで精神世界がモニターの電子世界と繋《つな》がっているかのような奇妙な現象であるのだが、しかしそれはナディラにとっては好都合、何しろ彼女には異世界のコンピューター関連に対する知識など皆無。

ラマテラスの詳細を知りたくてもバサラやモコモコを通してでしかアクセスのしようがなかったのだから、彼女が直接ラマテラスにアクセスできる唯一の機会とも言えた。

「い、いや、それならそれで良い。いずれにしてもその膨大な魔力を持つ其方《そなた》の力を私にお貸し頂けないだろうか？　このままでは我が国アスカラリムの崩壊の危機。兄が、カルマゼン兄さまが全てを壊してしまう前に止める事が出来ねば……」

最早ナディラにも巨大な黒いドラゴンの正体が自分の兄の成れの果てである事は理解できていた。

どういう考えなのかは知りようがないが、兄はずっと家族を、この国を、認めて貰《もら》えない自分を心から憎んで全てを壊す事を選んだのだと。

それを止める為に自分が出来る事なら何でもするつもりで、ナディラは助力を願い出るのだが、無機質なＡＳシステムの言葉は無情なモノであった。

『不正アクセスに対しての要求は却下、マスターの承認なしのＡＳシステムへのアクセスは許可できません』

「そ、そんな⁉　後生だ、何とか貴方の膨大な魔力で我が国を救って頂きたいのだ！」

『不許可、マスターアカツキによりＡＳシステムへのアクセスはマスターの権限無しでは禁じられています。アクセスの際はマスターの許可を得て下さい』

「マ、マスターの許可だと⁉　しかし私はそのマスターというのを知らな……」

とそこまで口にした瞬間、ナディラは思い出した。

それは当たり前の事のハズなのに、膨大な魔力を有する存在を目にした事で忘れていた事実……ラマテラスという機体が一体誰の所有物であるかを。

そして自己紹介の時、あの男は自分の名前を何と言っていたかを……。

「マスターアカツキ……バサラ、アカツキ！　ではバサラに許可して貰えれば⁉」

＊

「化け物め！　この身が砕けようともこの先には……グアアア!?」

「副長!?　ガイアス副長!!」

ドガアアアアア……

とうとう最もドラゴンの口に取りついてナディラを守る為にブレスを浴び続けていたガイアスの魔導機兵が、無造作に投げ捨てられ爆発四散してしまった。

火傷《やけど》に加えて叩きつけられた衝撃……戦場であんな状況に陥ってしまえば生存など絶望的なのは確認せずとも分かる。

くそ……嫌な奴のままなら何にも感じなかったってのに……。

「う、うう……」

「バサラ！　姫ちゃん気が付いたよ！」

後部に横たわるナディラに付いていたモコモコの声に少しだけ安堵《あんど》する。

魔導機兵団たちの決死の時間稼ぎも、彼女に何かがあっては無駄になっちまうからな。

「ここは………!?　あ、ああ……そんな、魔導機兵団のみんなが……」

目を覚ましたナディラは真っ先に全方位モニターの下方に映る連中の惨状に気が付いた。

ある者は焼かれ、ある者は潰され、スクラップと化した魔導機兵と共に動かなくなっている。

詳細を確認しなくても連中がもう長くはない事は、戦場の経験者としては嫌と言う程分かる事実。

「褒めてやってくれよ。あそこに転がっている連中はみんな、アンタを守る為に命を懸《か》けた英雄《ばか》たちなんだからよ」

「…………」

本来ならショックを受ける彼女に落ち着く時間、哀悼の意を唱える時間を設けてやりたいところではあるが、状況はそういった情緒を全く許してくれない。

黒いドラゴンはそんな事はお構いなしとばかりにラマテラスに襲い掛かって来る。

ASライフルは牽制《けんせい》程度にしか効果が無く、主戦力となるのは現状『カタナ』のみ。

それも焼き切るまでのタイムラグが生じてしまうから決定打にはなり得ない。

ドラゴンは頭がいいとかモコモコのファンタジー知識で聞いた事はあったが、さっきの初撃で爪を焼き切った事でこっちの攻撃手段を把握したのか、ドラゴンはヒットアンドアウェイとばかりに距離を取っては攻撃してくる。

距離を取られてまたもブレスを吐かれては敵わないと、ラマテラスのスラスターを駆使して何とか接近戦に持ち込もうとするが、こっちの攻撃を喰らいそうなら捌《さば》くように立ち回るという動きをし始めた。

多少の傷を負ったとしてもすぐに回復してしまい、まさにジリ貧としか言えない。

『ゴアアアアアア!!』

雄たけびを上げて一方的な攻撃を繰り返すそのドラゴンの表情は、何故か愉悦に満ちた厭《いや》らしさを感じさせ、またも前の世界での『神坐の民』を彷彿《ほうふつ》とさせる。

いい加減事ある事にそういう考えを持つのは良くないと自嘲《じちょう》していると、ドラゴンを凝視していたナディラの口から予想外の言葉が聞こえる。

「あ……兄上……」

「……は？」

「何故ですかカル兄さま……魔導機兵団は貴方が構想して作り出した組織ではありませんか！　そのような姿になってまで、長年の努力の結晶である魔導機兵団を犠牲にしてまでも滅ぼしたくなるほどにこの国が、私たちが憎かったというのですか!?」

いくら何でも……一瞬そんな言葉が漏れそうになったが、ナディラの表情は真剣そのもの。そう言えば彼女は個人個人を魔力で見る事で判別する事も出来たのだった。

とするなら……目の前のドラゴンは本当に？

「マジで兄貴なのか？　コレ？」

「……あれは長兄カルマゼンの成れの果て。バサラが言ってた可能性が当たっておった……魔力の低い者でも魔族化する魔法薬が存在したのだ。ただしその魔法薬は己の命を糧に魔力を限界まで絞りつくす禁忌の手段、使用した者は命ある限り元に戻れず、使用したが最後魔力が尽きれば死に至るのだ」

嫌な予想ばかり良く当たるモノだ。

手段が違えどやっている事は命をダシにした自爆テロと何も変わらない。

「そんな魔法薬を国内に秘密裏に入り込ませ、国家転覆を企んでおったのが……我が兄カルマゼンであったという事だ」

「……じゃあこのドラゴンは」

「…………」

ナディラは悲痛な表情で俯《うつむ》くのみ……その様に察するしかない。

自身の肉親が化け物に自らなって暴虐の限りを尽くしている、何ともやり切れない状況……絶望的な気分でしかないだろう。

「……道理で頭が良いと思ったぜ。一撃でやられないと判断してASライフルはフル無視、攻撃を『カタナ』にのみ集中して焼き切られる二秒以上を分かった上で捌く。そして距離が出来ればブレス……知識と観察眼があるから出来る戦術だ」

「兄上は……己の虚弱さをいつも嘆いていた。その代わりに知識を増やす事に貪欲《どんよく》であり、自らが動けるのであればこうしたい、ああしたいと常々語っておった。己の状況に腐らず邁進《まいしん》する姿に憧《あこが》れておったのだが……」

そして初めて動けた瞬間が命を捨てての魔族化とは……。

そう聞くと何となくやるせない気分に陥りそうになるが、その内ナディラが何か覚悟を決めた表情で口を開いた。

「バサラ、頼みがある。私を認めては貰えないだろうか？」

「……認める？　って何を？」

「私がラマテラスと精霊契約をする事をだ」

「…………は？」

大真面目にそんな事を言うナディラに俺は呆気《あっけ》に取られてしまう。

精霊契約？　それって魔導師の中でも上位の連中がもっと強い魔法を使えるように精霊とやらに力を貸してもらう契約だよな？

しかし精霊とかは見た事も無いが、俺でも分かる厳然たる事実がある。

「そうは言っても……ラマテラスは精霊じゃない。ＡＳシステム搭載型のＭＪだぜ？」

確かに以前彼女が人工太陽炉のエネルギーを魔力と称してはいたが、だからと言ってコイツは意思がある存在なのか？　と問われれば違うだろう。

しかし彼女は確信を持った瞳《ひとみ》で言う。

「精神世界で私はラマテラス本人に聞いたのだ！　私では〝ふせいあくせす〟？　とやらになってしまう、主であるアカツキが認めねば力を貸す事は出来ぬと！」

「不正アクセスだと？　一体どういう……」

「ラマテラスは自分の巨大な力を封じる為に、お前が他者に力を貸さぬように厳命したのだと！」

「…………」

殺戮《さつりく》兵器としてのラマテラスを封印……その言葉は実に魔法のある異世界的な言葉ではあるが、俺個人としては身に覚えのある事でもあった。

元々は『神坐の民』の試作機として開発されたラマテラスに、俺以外が不用意に使用できないようにバサラ・アカツキを唯一のパイロットとして登録。

顔、指紋、声帯、網膜などなど、あらゆる自分自身のデータを専用者として登録する事でラマテラスは俺、もしくは俺が認めたサブパイロット以外は起動する事が出来ない。

もしも、仮にもしも、それがナディラの言うところの封印だというのなら……。

「……ラマテラスメインパイロット『バサラ・アカツキ』の権限により現在コックピット内に存在するマスター、及び『モコモコ』以外の搭乗者をサブパイロットに登録」

俺がそう言った瞬間コックピット内に緑色の光線が発生、細い光が主に後部のナディラ目掛けて上下左右へと動いていく。

「え……うえ!? なんなのだ、この光は!?」

「少しの間動くなよ。そいつがラマテラスに認められる為の……まあ儀式みたいなもんだ」

「儀式……なのか？ この光が？」

「まあ認証登録が儀式って言えばそうなのかもしれないけど……」

モコモコの苦笑を尻目《しりめ》に、モニターにはサーチを終えたナディラのデータが上がり始める。

顔、指紋、網膜、身長……外見的なデータが全て出揃《でそろ》ったところでコックピット内に無機質な機械音声が流れる。

『サブパイロット登録ナンバー1、貴女の氏名をお名乗り下さい……』

「!? この声は精神世界で聞いた……。ナディラ……我が名はナディラ・E・アスカラリムである!!」

朗々とした名乗りを上げ、それと同時にモニターには氏名、声帯登録完了の文字が現れる。

『ラマテラスサブパイロットナンバー1へナディラ・E・アスカラリムの登録が完了しました。これよりサブパイロットナディラのＡＳシステムへのアクセスを許可いたします』

「うう!?」

その瞬間だった、ナディラの全身が淡い光を放ち始めて彼女が苦悶《くもん》の表情を浮かべ一瞬にして大量の汗を流し始める。

「な、何だ!?　どうしたナディラ!?」

「う……く……何て膨大な魔力………」

『サブパイロットナディラの要請によりＡＳシステムへの外部接続を許可しました。ＡＳシステムのエネルギーの一部使用を許可します』

無機質な機械音声がそんな事を伝えてくる。

まさか……ラマテラスのエネルギーを魔力って名目でナディラに直接繋《つな》げたって事なのか？　元々一都市を消滅させる事の出来るほどの巨大なエネルギーを一個人に！

それがどれほどの危険なのか、魔力については分からない俺だが科学的な兵器としての危険性を考えれば決して楽観できるものじゃなかった。

しかし、それでもナディラは歯を食いしばり、何やら呪文を唱え始めた。

「癒しの御手、聖なる浄化の光よ。全ての我が英雄たちへ再び立ち上がる力を……癒しの《ホーリー・》福音《リザレクト》!!」

唱えた次の瞬間、ラマテラスの機体全体が白く輝く光を放ち始める。

そしてその光は地上に横たわり動けなくなっていた、もしくは虫の息になっていた魔導機兵団たちへと降り注ぎ……そして信じがたい事が起こり始める。

ある者は大きく切り裂かれ出血が止まらない状態であったのに、まるで逆再生でも見ているかのように傷口が塞《ふさ》がっていく。

ある者は欠損した足が根元から再生して行き、驚きの表情を浮かべる。

そして最もドラゴンのブレスを受けて火傷《やけど》どころか全身の至る所を黒く炭化させていた副長ガイアスに至っては肌が傷一つなく再生されていくばかりか焼け焦げた毛髪まで元に戻っていく。

これもいわゆる魔法なのだろうが、そうだとしてもこんなのは最早奇跡としか……。

「す……げぇな……これが回復魔法ってヤツなのか？　……って!?　大丈夫か？」

「はあ、はあ、はあ………」

感動すらする光景に思わず振り返ると、そこには明らかにさっきよりも顔色を悪くしたナディラが息も絶え絶えに大量の汗を流している。

「は……はは……で、伝説で謳《うた》われる最上級回復魔法……私如きが手を出すにはまだまだ修行が足らないようだ」

「……どういう事だよ？」

「以前も言った通り私は魔導師として器用貧乏、あらゆる属性の初期魔法くらいしか行使する事は出来なかった。しかし、今私は魔力の源泉を預けられた。ゆえにこの身に余る大魔法を辛うじて扱えたという事なのだ」

おいおいおい、って事は要するに拳銃《けんじゅう》で無理やり大砲の弾を打ち出したみたいな事じゃないのか？

そんなのは明らかに発射できたとしても拳銃《ほんにん》の方がぶっ壊れるだろ⁉

「無茶すんな！　連中が助かったとしてもナディラ自身が無事じゃなきゃ元も子も……」

『ガアアアアアアアアアアアアアアアアア‼』

「「⁉」」

俺がナディラを窘めようとしたその時、何故か目の前のドラゴン……ナディラの兄貴が激高……いや激怒した表情で雄たけびを上げ飛び上がった。

それは明らかに何か気に入らない事に対する不快感を表したような……。

「倒した人間を私たちが回復させたのが気に喰《く》わない……というのだろうか？」

気分良く暴れていたのに横槍《よこやり》を入れられたような気にでもなったって事なのだろう。

上空に距離を取ったドラゴンはそのまま急降下、こっちに向かって突っ込んで来た。

俺は咄嗟《とっさ》にＡＳライフルを構えるが、先刻承知でヤツに対しては嫌がらせ程度の効果しか望めない。

ここは回避を優先……そう俺が思った時、再びナディラが呪文を唱え始める。

「紅蓮《ぐれん》の炎、大いなるその力、天空を穿《うが》つ一条の矢と成せ……」

そうすると操縦もしていないのにラマテラスが勝手に動き出し、急降下するドラゴンに向けてまるで弓矢を構えるような姿勢になり……次の瞬間には本当に炎で出来た弓と矢が発生する。

「天穿獄炎矢《ヘルファイア・ペネトレイト》!!」

「お……おおお!?」

そしてナディラの詠唱と共に巨大な炎の矢が天空に向けて放たれる。

それはＡＳライフルの威力を軽く凌駕《りょうが》する熱量と威力を秘めていたようで、急降下中の為に回避が難しいドラゴンに真正面から激突する。

『グオオオオオ!?』

巨大な爆発と共にドラゴンの絶叫が響き渡る。

しかし〝やったか？〟とか思った次の瞬間には爆炎の中から右目と右翼が欠けた状態のドラゴンがラマテラスにそのまま爪を振り下ろして来たのだった。

「うわ!?　結構根性ありやがる!!」

咄嗟に俺はシールドで爪を受け止め、更にスラスターを逆噴射する事でドラゴンの攻撃を流す事に成功、そのまま『カタナ』で突きを食らわせて、左の目を潰《つぶ》す。

『ギャオオオオオオ!?』

「はあ、はあ……逃しませんよ、兄上!!　猛り立つ大気の意志、暴風となりて我が怨敵《おんてき》に永久の牢獄《ろうごく》を……縛鎖暴風壁《テンペストプリズン》!!」

そしてチャンスと判断したのか、大量の汗を流しながらナディラは更に詠唱を続ける。

すると痛みに悶《もだ》えるドラゴンの周辺から巨大な竜巻が発生、そのままドラゴンの巨体を飲み込み、まるで竜巻が縄のように纏《まと》わりついて動けなくして行く。

「うく………バサラ、今だ！　光の剣の一撃を!!」

「お、おお!!」

連続の魔法詠唱で相当消耗したのか、息も絶え絶えのナディラの言葉に俺は慌ててラマテラスの『カタナ』を竜巻に拘束されたドラゴンに振りかぶる。

そして竜巻ごと切り裂くつもりで『カタナ』を振り下ろすと、確かな手ごたえと共にドラゴンの片腕が斬り飛ばされた。

『ギャゴオオオ⁉』

「よし、やはり焼き切る事は出来る！　このままヤツの動きを止めていられれば……⁉」

と、そんな希望が見えたかと思ったのだが……もう一太刀入れようとした瞬間、ドラゴンと〝目が合った〟事で猛烈に嫌な予感が走った。

もう潰したハズの目が回復した……その事実にラマテラスを後退させたのは俺の経験則から来る危機察知能力故だったのかもしれない。

何故なら後退した直後に起こった爆発によって竜巻の拘束が吹っ飛ばされたのだから。

「う、うおおおおお⁉」

その爆発に巻き込まれ吹っ飛ばされるところだったが、辛くも体勢を立て直し正面を見据えると、そこには全身傷だらけではあるもののジワジワと回復して行くドラゴンの姿があった。

「うう……まさかあのような方法で暴風の縛鎖を抜けるとは……」

「一体何をやらかしたんだ？　お前の兄貴は」

「……自身のダメージを度外視で全力のブレスを放出して竜巻をかき消してしまったのだ。

異常な回復力があるからこそのやり口……さすがはカル兄といったところか」

なんつー強引過ぎる脱出方法だ……。

そんな風にこっちが躊躇《ためら》っている間にも既に回復は終わったようで、折角斬り飛ばした腕すら戻り、ドラゴンは元の黒く禍々しい姿を取り戻してしまった。

しかし再びバトル開始かとこっちが身構えると、予想外にもドラゴンは上空へ飛び上がると巨大な翼をはためかせて、不機嫌さを露わに城下町の方角に向かい始める。

って城下町だと⁉

「オイオイオイ⁉　今度は人の多い場所で暴れようってか⁉　今度は邪魔されても良いくらいに無差別大量殺戮《さつりく》でも起こすつもりか⁉」

「なりません兄上！　そのような事の為に貴方《あなた》は力を求めたワケではないでしょう⁉」

ナディラの声が聞こえたワケでもないだろうが、まるでこっちの神経を逆撫《さかな》ででもするようにドラゴンは城下町を低空飛行し、そのまま幾つかの建物を破壊し更にあちこちから火の手が上がり、逃げ惑う民衆から悲鳴が絶えず響く。

「キャアアアアアア‼」

「に、逃げろおおおお‼」

ドラゴン……いやナディラの兄貴カルマゼンはそんな逃げ惑う民衆の姿を満足げに上空

から見下ろしている。

自分に恐怖する様を、畏怖《いふ》する様子を楽しむかのように。

そんな中カルマゼンの瞳《ひとみ》が地上の一点、腰を抜かしてへたり込む少女へと向く。

ショックのあまり足が動かないのだろうが、それでも少女はまだ無事な民家の方を向いたまま、涙を流しうわ言のように呟《つぶや》いている。

ヤメテ……オネガイ………ソレダケハ……。

声を拾い確認するまでもなく、それは民家に残っているであろう彼女にとって大切な誰かの為に必死に懇願する姿であった。

それが見えなかったのなら、聞こえなかったのなら、まだ良かった。

しかしドラゴンになったカルマゼンはその懇願を理解した上で……嗤《わら》いやがったのだ。

自分ではなく他者の為に化け物相手でも懇願する少女を、元人間であったハズのモノが嗤いやがったのだ。

実に厭《いや》らしく、汚らしい笑みで……。

「ヤメテエエエエエエエエエエエエエエ!!」

少女の絶叫が響く中、ドラゴンの顎《あご》が民家の方へと向いた瞬間にキレたのは俺だけではなかった。

「「このクソ野郎があああああああああああああ!!」」

俺は特に示し合わせる事も無く上空より放たれた高熱のブレスの射線上にラマテラスをスラスター全開に突っ込ませてからそのまま上空に向けて両手を構えると、ナディラはその動きに同調して魔法を発動する。

「氷獄結晶嵐《コキユートス・ダイヤモンド》!!」

今度は掲げられたラマテラスの両手を中心に巨大な青い光の魔法陣が出現、そして瞬時に上空に向けて絶対零度に迫る低温の猛吹雪が吹き上がった。

『ゴアアアアアアアアアアア!!』

「アアアアアアアアアアアアアアアアアアアアア!!」

高熱のブレスと超低温の嵐が上空でぶつかり合い、互いが互いをかき消し合い……そしてドラゴンのブレスを消しつくした猛吹雪は空気中にダイヤモンドダストを作り出してキラキラと輝きを放つ。

炎のオレンジを背景にしたその様はある意味では神々しくもあり、ラマテラスのそんな姿を目にしたドラゴンは更に苦々しい表情へとなって行く。

「カヒュー……カヒュー……カヒュー……」

しかしこっちも当然無傷ではない。

ナディラはさっきの回復魔法でも攻撃魔法でも息切れを起こしていたというのに、今度は明らかに過度な酸欠を起こしたような呼吸を繰り返している。

今のはそれほど消耗する魔法であったのか、誰がどう見ても危険な状態であった。

「モコモコ！　酸素吸入!!」

「分かってる！　姫ちゃん大丈夫か!?」

慌ててモコモコは酸素マスクをナディラに押し付けて酸素吸入を促す。

今のも自分の実力に見合わない魔法の類なのだろうが、それにしてもこの消耗具合では不用意に頼るワケにも行かなそうだ。

また城下町を攻撃させるワケには行かない……俺はそう判断してラマテラスを上空へと飛行させて、そのまますれ違いざまに『カタナ』で斬りつけ、空中戦を挑む。

重力下の飛行戦はこっちの方が圧倒的に不利なのは否めないが……。

「こっちの有効手段は基本的に『カタナ』で焼き切る事しかないのは変わらないが、ナディラの頑張りでこっちの魔法って攻撃がまだ来るかもしれないって疑心暗鬼になったはず。さっきほど距離取ってブレスは来ないと思うから、近距離で時間を稼ぎつつ、ナディラが回復したら大魔法を一発……」

「……ダメだバサラ」

皮算用的な作戦を俺が言うと、未だ青い酸素欠乏《チアノーゼ》がアリアリの顔のままでナディラは口を挟む。

「行けるものなら私の命が尽きようとも魔法を打ち出したいところではあるが、さっきの『氷獄結晶嵐』の手ごたえでは私の魔法でカルマゼン兄上を倒す事は出来ん。ドラゴンなどという元から魔力耐性の高い魔物を倒し切る威力は無い……」

「クッ、そうなのか……」

まあ詳細を察する事は出来ないが、さっきは城下町を救うためにブレスを相殺する事が出来たが、あくまでも相殺だからな。

これがさっきの逆、超高温の魔法を打ち出したとしてもドラゴン本体にダメージがあるのかと問われれば疑問しかない。

クソ……だとすれば、どうすれば良い⁉

またもジリ貧にしかならない……『カタナ』よりも魔法よりも高出力な攻撃をぶつけるなど、またしても無い物ねだりの武装しか思いつかないのだが…………。

その時、俺の脳裏にある可能性が浮かんだ。

それは科学的な世界からの人間である俺にとっては実にらしくない、異世界的な発想と言えるモノなのだが、それでも……科学の産物であるハズのＡＳシステムを魔法として使って見せたナディラであるなら、もしかしたら……。

俺は未だに酸素マスクを装着して荒い呼吸を繰り返すナディラに、ある科学的ではない質問をしてみる。

「なあ、ナディラ。モノは相談だが、膨大な人工太陽炉のエネルギー……魔力を魔法に変換するんじゃなく、魔力を特定の場所に動かす、もしくは流すって事は可能だろうか？」

唐突な質問にナディラは瞬きを繰り返すが、それでも呼吸を落ち着けようとゆっくり答え始める。

「可か不可かを問われれば可能だ。恐らくラマテラスの魔力の事であろうが、魔法として発動するには私自身が媒体となる必要があるが、流すだけであるなら負担はそこまで多くはない。さすがにこの膨大な魔力を運用するにも限度があるがの……だが一体何を」

「……出来る……んだな？」

「バサラ……まさかお前⁉」

さすがにこの機体の事を知り尽くしているモコモコはそれだけで俺が何を企んでいるのか分かったようだ。

以前ナディラが見抜いたように、今のラマテラスは本領を発揮している状態とは言えない……というより本領を発揮できない状態なのだ。

『神坐《かみざ》の民』が自分たちの圧倒的な力を見せつけたいが為に作り出した、ＡＳシステムのエネルギーを最大限に利用する最凶最悪の光学兵器。

しかしその兵器に不可欠な連結システムは最終決戦のおり、誰よりもこの機体を理解していたヤツの元締めによって破損させられたため、現在は使用不能になっているのだ。

そのせいで俺は機体《コイツ》ごと特攻かます羽目になったのだが。

俺はもう二度と、前どころか今いる世界においても二度と使うつもりは無かったラマテラスの最終兵器を起動させる。

「……ラマテラス、ＳＣ《サンライト・カタストロフィー》プログラム発動。ＡＳリアクター『ヤタガラス』、エネルギー変換モードに移行」

『ＳＣプログラム発動指令、ヤタガラスエネルギー変換モード変形開始』

ラマテラスのマスターである俺の指令を受けたシステムは、モニター表示後にスラスターの役目を果たしていた八基のＡＳリアクター『ヤタガラス』を変形させる。

己が役割を自覚した八基の『ヤタガラス』が飛翔《ひしょう》し、背後でラマテラスよりも大きな円環を形成する。

しかし……当然の事ながらモニターにエラーの表示が浮かぶ。

『ＳＣプログラム実行に必要な人工太陽炉との連結部に重大な異常を確認。ＡＳリアクターヤタガラスへのエネルギー流入が出来ません』

そう、そこなのだ。

ラマテラスの最終兵器を発動させるにはASリアクター『ヤタガラス』へ人工太陽炉の莫大《ばくだい》なエネルギーを送り込んでプラズマ変換する必要がある。

最終決戦ではまさにその連結部を破壊されてしまったのだ。

ハッキリ言ってこの世界の技術というか個人の力量で修理する事は不可能、エネルギーを流入させる方法は無いと思っていたのだが……。

「ナディラ、無理しないくらいで構わない。出来るだけASシステム……え～っと、ラマテラスの魔力を背中にある八芒星《はちぼうせい》に流し込んで欲しいんだ」

「え？　背中の……星にであるか？」

本当に……向こうにいた時に真顔でこんな事を言ったとすれば、ジョークと思われるか正気を疑われるところだろうが、魔力としてナディラが操作できると言うならもしかすると可能なのではないだろうか？

魔法と科学の融合とか言えば聞こえは良いが、行き当たりバッタリの思いつきなのは否めない。

しかしこの絶体絶命な状況で何もしないという選択肢はない。

「な……何だか分からぬが、了解した」

「なるべく早く頼むぜ。こっちはその間、兄貴と遊んでやらなければならんからよ！」

そう言いつつ、俺はＡＳライフルをドラゴンに向けて数発発射。

効果が無いのは分かっている、だがそれが嫌がらせ位にはなるだろうという算段だったのだが、案の定ドラゴンはうざったい遠距離攻撃に業を煮やしたのか光線をその身に受け続けて強引に突撃して来る。

そのまま巨大な顎で嚙《か》み付こうとして来るドラゴンを直前で回避し『カタナ』で斬りつけるというよりも叩《たた》きつけ、そのまま更に上空へと移動する。

『ガ、ガアアアアアアアアアアアアアアアアアア!!』

「ははは、怒ったか？　そのまま付いて来いよ黒トカゲめ!!」

おちょくられた、とプライドを傷つけられたのか上空へ逃げるラマテラスを更に追いかけ上昇して来るカルマゼン。

それは同時にこれ以上王都に被害を出さないようにヤツを引きはがせたという事、誘導に成功した証でもある。

そして雲の上までも突き抜けて成層圏にまで到達しそうな高度に達した辺りで、ラマテラスに変化が起こる。

まず初めに現れた変化はモニター上……さっきまでエラー表示だった画面に望んだ言葉が表示されたのだ。

『ASシステム、ヤタガラスへの連結完了。これよりSCプログラムを開始いたします』

「うっしゃ！」

「うわぁ!? 本当に起動しちゃったよ姫ちゃん。連結部は再起不能だったたってのに」

あれほど魔法の類に寛容だったモコモコも科学的な兵器にすら影響があると信じられない想いなのだろうか？

かくいう俺だって同じ気持ちだけど……目を閉じたまま魔力《エネルギー》を操作しているナディラは一言も言葉を発しないが、少ないと言っても負担がないワケでもないのだろう、硬い表情を崩さない。

やがてエネルギーを流入された『ヤタガラス』が輝く激しい山吹色の光を放ちだすと、同時にラマテラスの全身に施されたラインも同じ色に発光し始める。

ASリアクターで変換されたプラズマを胸部の発射口に集中させるために。

突然そんな光を放ちだしたラマテラスに何を思ったのか、ドラゴン側も対抗するように大きく顎《あご》を広げて、灼熱《しやくねつ》のブレスをため込み始める。

それは自分の思い通りにならないラマテラスへの気に入らなさからなのか、それとも本能的に得体のしれない光に恐怖を感じてのモノなのかは分からないが……。

攻撃を仕掛けたのはドラゴンの方が先、地上で放たれたモノよりも巨大な灼熱の炎がラマテラス目掛けて放たれたのだった。

「……く⁉」

「バサラ⁉　姫ちゃんが……」

その瞬間にナディラも限界だったのか、エネルギーの流入が止まる。

モニターに表示された『ヤタガラス』へのエネルギー流入及び変換率二十％……それは最大出力には及ばないが、十分に発射可能なエネルギー量。

「ナディラ、もう十分だ！　モコモコ、耐ショック姿勢を彼女に取らせろ‼」

「了解！　ぶっ放せバサラ‼」

モコモコがナディラの頭を押さえて姿勢を低くしたのを確認し、俺は画面上に映るドラゴンを睨《にら》みつける。

高熱のブレスが迫り来るが、そんなモノ……何の障害にもなりはしない！

「さあクソ兄貴、一万度とかケチな事は言わねぇ！　中心温度千六百万度の太陽の力、存分に味わえ‼」

俺はそのままブレスを放ったドラゴンを照準のセンターに合わせると、二度と打つまいと思っていた太陽の一撃の引き金に指をかける。

前の世界では守る事が出来ず、失い続けて来た大切な者たち。

失うくらいならもう二度と大切な者を作らない……そう思った。

だけど……結局できてしまったなら、もう二度と失うのは御免だ。

「お転婆なお姫様だろうが、この世界だろうが、俺が救ってやる！　サンライト・カタストロフィー、発射!!」

ゴ……

音は一瞬、だが極大の光が大空に放たれた。

人工太陽炉の莫大なエネルギーをプラズマ変換し収束、胸部の発射口から一気に放出するラマテラス最大の攻撃兵器。

神を自称した連中が地上を見下す為に作り出したそれは一条の太陽の光……。

並みの兵器でも魔法でも到達できない圧倒的な超高熱は先に放たれたハズのドラゴンのブレスを無慈悲にもかき消し、更にその先にいるマグマの熱にも耐えるハズのその体に直撃する。

艦隊でもアステロイドでも一撃で貫くその光は、無情にも黒いドラゴンの全身を包み込み、全てを焼き尽くしていく。

それは図らずも闇に堕ちた者が太陽の光に浄化されていくかのようにも見え……神を自称した連中に反抗した俺にとっては皮肉にも思えた。

『ガアアアア⁉　ゴアアアアアアアアア⁉　オ、オノレ……オノレエエエエ‼』

「兄上………」

そして大空に跡形も無く消えていく黒いドラゴン。

消えゆくモノが残した最後の言葉は、やはり人間の言葉。

ナディラはそんな兄の最期を息も絶え絶えに見つめ……一筋の涙を流していたのだった。

Epilogue エピローグ

朝靄《あさもや》のかかる早朝の森の中、ラマテラスの装甲を適度に温めて俺はそこに手持ちの食料のパンとイノシシ肉を乗せる。

油の爆ぜるジュワっとした音と肉にまぶしたスパイスの良い香りが立ち上る。

……整備班の連中に見られでもしたら半殺し確定な所業だろうが、幸いな事に連中はここにはいないからな。

そして良い感じに焼き上がった肉をパンに挟んで食らう。

うむ、うまい……ナディラが処理してくれた猪の肉だが、新鮮なせいかクセは全く無く特産品のスパイスも良いアクセントになっている。

そんな風に朝食を堪能《たんのう》する俺をモコモコはジトッとした目で見ていた。

「肉とパンしかない朝食とか、早死にするぞバサラ」

「そうは言うが、野菜を適度に取るのは面倒なんだよな～」

「軍にいた時は料理当番だって持ち回りでやってたじゃん。バサラ、結構野菜の処理は得意じゃなかった？　皮むきとか」

「……アレは何か仕事の一環というかみんながいるからというか、何と言うか自分一人だと〝別に良いかな～〟が先行するというか」

自分以外の連中に迷惑がかかると思えば動けるのに、自分だけだとその手間が突然面倒になって来るから不思議なものだ。

「姫ちゃんに作ってもらった時以来、まともに野菜食ってないんじゃないの？」

「あ～、まあ……そうだな」

モコモコの言葉で数日前に別れたきりのナディラの事を思い出す。

黒いドラゴン、彼女の兄であるカルマゼンの成れの果てをＳＣ《サンライト・カタストロフィー》で倒した後、王都近くで降ろした彼女は「世話になった」とだけ言い残し、それ以来会っていない。

王都の状況を見るに、俺に構っている暇なんて王女である彼女には無いのだろうが……正直俺はそれだけではないと思っている。

王都での事件の当事者だった事を考えると、なんとなく顚末《てんまつ》を知る事も無く旅立つのも気が引けて、未だに王都近くの森に潜伏している俺たちだが、そろそろ潮時なのかも。

何度か王都にも足を運んでみたが、やはり突如出現した黒いドラゴンにより被害は随所に見られ、一部の建物が破壊もしくは焼失していて対応に追われる人々が目立った。

そんな中で黒いドラゴン以上にドラゴンを倒した『白き巨人』が話題になっていたのは……まあ必然と言えば必然。

邪悪なドラゴンを倒した神の遣いだの、神様そのモノであるだの……目撃した人々は皆揃《そろ》ってラマテラスを称える言葉を口にする。

それは内容を知らない国民にとってはなんて事の無い話だし、悪気などあろうはずも無いのだが、ナディラにとっては違う。

実の兄が邪悪とこき下ろされて殺されたというのが彼女の真実なのだから。

それに意外と城下町の被害は少なく済んだのだが、ドラゴンが出現した場所である王城の敷地内は被害甚大、未だに半分は瓦礫《がれき》と化した状態の処理が追い付いていない。

俺という存在は一刻も早くいなくなった方が良いのだろうな……。

「姫ちゃん、どうしてるかな？」

「被害のほとんどが城の敷地内で犯人は長兄で身内なんだ。王女って立場上一番忙しい事になってるんだろうな。その辺は俺達にはどうしようも無いだろ」

「……なんだよバサラ、冷たいじゃん。助けてあげようとか少しでも考えない？」

豆柴《まめしば》っぽいまんまるの瞳《ひとみ》で非難がましく言うモコモコが言いたい事は分からなくはな

い。

　だけど、俺たちは火種になりかねない厄介な異邦人である事を忘れてはならない。

「アイツにとって俺たちは王国の恩人でも兄の仇《かたき》、家族を殺した罪人なのは間違いないんだ。それが必要で正しかったとは言え、これ以上アイツに関わるのは……」

「愚かな事を申すな」

「!?」

　そんな事を言いつつ現れたナディラは少し怒ったような顔で、手に簡易的な食缶をぶら下げていた。

「そう言うなら私はお主の最後の攻撃に加担した協力者。肉親を殺されたのではない、間違いなく私も殺した側の一人。その責を他者に押し付け恨み言を吐くほど恥知らずではないつもりだ」

「ナディラ……」

　自分自身も手を汚した側であり責任は自分にもある……理屈は確かにそうだが、そんな理屈だけで行動を律する事が出来るほど人間は単純ではない。

　特に剣でも魔法でも、簡単に他者を害せる力を手にした者であればあるほど……。

　俺の事を憎む事で己を保つことが出来るとするならそれはそれで良し、俺自身は黙って消えれば済む事と思っていたのだが……どうやら彼女は思うより遥《はる》かに強いらしい。

「なんだバサラ、朝食はそれだけであるか？　しっかり野菜を取るよう前にも言ったであろうに」

「言ってやって言ってやって姫ちゃん。僕がいくら言っても聞きやしないんだ」

「まったく、愛犬にまで心配させおって……ホレ、今日も野菜多めでスパイススープを作ってやったから朝飯にするといい」

「あ～……ハイ、お世話になります」

う～む、そしてこの何となく逆らい難い雰囲気。

これが上から目線の態度なら反発心も湧くが、彼女のはあくまでも俺を心配しての発言だからか不快感は湧いてこない。

なんだろう……この艦長や部隊長に叱られた時に近い雰囲気……。

それからナディラの特製スープをラマテラスの装甲で食缶ごと温めてから頂く事にした。

今日のスープは前回よりもスパイスの刺激が少なく、かといって物足りない事も無い絶妙な味加減……まさに朝食にもってこいのスープでホッとする。

そして俺がスープを頂いている間に、腰を下ろしたナディラはアレからの顛末をポツポツと語り始めた。

被害が大きかったのは王城の敷地内であるのは分かりきっていたが、その被害内容は思ったよりも遥かに大きいモノだったようで。

「え⁉　じゃあ長兄カルマゼンだけじゃなく、現国王も次期国王候補だった次兄もあの事件で命を落としたってのか⁉」

「もっと言えば側近だった大臣や宰相なども守護に付いた近衛兵ごと全て死亡した。例にもれず日和見の腰巾着《こしぎんちゃく》ではあったが、それでも王国の要職に就いておった者たちが一遍にいなくなってしもうたのでな……おかげでアスカラリムは大混乱である」

「後継者争いってヤツか？　俺にはよく分からんが」

長兄カルマゼンは国内に混乱を招く事まで織り込み済みで、そういった上層部を殺害して回ったのだろうか？

それとも今まで蔑《ないがし》ろにされて来た事に対する憂さ晴らしだったか……あるいはその両方か。

「厳密には次兄ナールム以外にも後継者候補はおる。無論私も候補だが、今のところは第一王女である姉上が国王代理を務める事になりそうだ」

「姉上……ってそうか、ナディラは第二王女だっけ」

「うむ……姉上は争いは好まぬ平和主義ではあるが、少なくとも父たちのように日和見ではなく危機意識を持つ人物だ。思えば姉上は最初からカル兄の異質さを見抜いて距離を置いていたのかもしれん」

ナディラはそう自分の姉を評してから、天を仰ぐ。

先日ドラゴンと化した兄が散った大空を眺めて……。

「あの事件以降、カル兄の部屋を捜索する事になってな……。数々の国内における不法魔法薬の取引の証拠や人体実験の証拠も発見され、同時に日記もあっての、長年に亘って苦悩と葛藤《かっとう》を繰り返した後のあらゆる者たちへの嫉妬《しっと》と憎悪……そして私に対する恨み言に満ちていた」

「恨み言……」

「私は何も知らなかった。知らずに兄を誰よりも頭の良い優れた人としか思わず接していたが、知らなかった事こそが私の罪なのだろう」

「…………」

「最初は何も出来ない、何も知らないか弱い妹と思っていた者が、その内自分には使えぬ魔法を使いだし、自分には扱えぬ剣を振り回し、最後には操縦の敵わない魔導機兵すら動かし始めて……最初は私の事を仲間と思いたかったカル兄は裏切られたと思ったのだろう。そうとも知らずに私はあの人を最大の理解者と思い込んでおったのだから、滑稽な事だ」

　そう言ってナディラは空を見上げたまま苦笑する。

　まるで知らなかった自分こそが最大の極悪人であるとでも言いたいように。

「もしも……私がそんな風に魔導機兵に乗るなど余計な事をせずにおれば……」

「どうでも良いな、そんなの」

「……え？」

　そして更に落ち込みかける彼女に対して、俺は実に冷たく無神経な言葉を投げる。

　自身の責任から逃げないのは良い事だが、全てが自分の責任だと思い込むのはよろしくない。

「戦場に残るのは悲惨な結果だけだ。才能が無いから腐ってました、なんて理由で暴れまわって虐殺をしても仕方が無い、なんて理屈があるワケが無い。罪はやった者の罪、それを自分のせいとか他者が背負い込むのは責任逃れさせる事にしかならん」

「それは……しかし」

「お前が身に付けてきた力も技術も人脈も資金も、全部国民を助ける為、人助けの為に行動してきた結果だろうが。国民の為に王族が頑張った事が罪だって言うのか？　こうなった結果は結局兄貴が自分で選んだ選択でしかねぇ。気に入らないヤツ等を殺そうとするヤツが気に入らなかった〝俺たちが〟ソイツを倒した、それが結果の全てだよ」

「………」

「それでも責任を感じるなら、それこそ共犯者がいる事を思い出すんだな。さっき王女様自身が言い出した事だからな」

「バサラ………スマンな、色々な事があり過ぎて弱気になっとったようだ」

そう言うとナディラはさっきよりは穏やかな表情になり、居住まいを正した。

「今日ここに来たのは、まあバサラの栄養状態が気になったというのもあるがの、正式に我が王国アスカラリムに協力して貰《もら》いたい旨を伝える為だ」

「………そうか」

俺はナディラの言葉と同時にモコモコにアイコンタクト。

それは一応以前のギルドの時と同様に周囲に部下がいて強制連行するとかの可能性を考えてのモノだったが……まあ予想通り、周囲には誰もいないようでモコモコは首を横に振った。

「ラマテラスの力はこの前のＳＣが全力ってワケじゃねぇ……シャレ抜きで国どころか大陸を焼き払う危険だってある。なるべく人目に触れさせたくないってのは理解して貰えたと思ったが？」

「無論承知の上で言っておる。それに協力を要請したいのはラマテラスではない、バサラ、お主自身の協力をお願いしたいのだ」

「は？　俺自身⁇」

「ハッキリ言おう。この国、というかこの世界において魔導機兵はまだまだ未熟。バサラの世界に比べれば児戯に等しい技術しかない。ゆえに増殖する魔族へ対抗する為にも魔導機兵の新たなる開発の為にアドバイザーになって欲しい」

ラマテラス自体ではなく魔導機兵の強化の為に俺自身に知識を貸して欲しい……か。

それはそれで違った火種の元になりそうにしか思えないが……。

「それも最終的には俺と付随するラマテラスの力も欲しているようにも思えるが？」

「正直、無いとは言わぬ。しかし私自身が彼の機体の力に直接触れてしもうたからの、あの力の恐ろしさは人知を超えるモノ、出来うる事なら最後の手段に置いておきたいが、使う事が無いのが理想である」

その瞳に嘘は無いだろう。

だって真剣な瞳に僅《わず》かに浮かぶのは恐怖の感情……直接触れてしまったからこそ、彼女は俺以上にラマテラスの恐ろしさを肌で感じてしまったのかもしれない。

「これは王女としての命令では断じてない、友人としてお願いをしておるに過ぎん……断られても一向に構わんのだ。私個人としてはバサラとこうして話せるだけで満足であるからの」

「……う」

そしてギルドの時の命令とは違う友人としての笑みを浮かべるナディラの様は美しく、本当に断られても構わないという想いが伝わって来る。

だけどそれが……命令でもない友人からのお願いこそが、俺にとっては何よりも重いという事を彼女は知らないのだろう。

「…………ったく、だからこそ深い関係を作るつもりは無かったってのに」

「あ〜あ、友達が出来ちゃったね〜」

ニヤニヤ笑いをする愛犬の頭をペシッと叩《たた》き、俺はとにかくナディラの朝食を残さずに平らげる事を直近の目標にした。

あとがき

初めましての方、そしてお久しぶりの方もこの度は『魔法×科学の最強マシンで、姫も異世界も俺が救う!』略して〝マホカガ〟を手に取っていただき誠にありがとうございます。

語部《かたりべ》マサユキでございます。

ロボットに乗ってみたい……男子なら一度は抱くであろう夢の一つでありますが、未だにカラオケで必ずと言っていい程その手のアニソンを欠かさず、しかも映像付きなら尚テンションの上がる筆者としては今回の作品はまさに一つの夢が叶《かな》った瞬間でもありました。

ガキの頃自由帳に〝ぼくのかんがえたさいきょうのロボット〟を考えていた時と変わらない精神年齢で設定したロボットがプロの手によってカッコよく美しいイラストとなってお目見えした瞬間……私は確実にあの頃と同じように自分がエースパイロットになった妄想に突入しました。

変形、合体、ヒロインと想いを重ねて必殺技のシャウト……いや、ライバルとその瞬間だけ手を取り合うのも捨てがたい。

出来ればアニメで見てみたい!

声優はあの人が良い!!

そしていずれは〝あのゲーム〟に参戦を!!!

中年になってなお、この手の分かる人にしか理解されない妄想は痛々しくも楽しいもの。

今作の表紙を飾る主人公機『ラマテラス』に少しでも惹《ひ》かれて手に取って頂けた諸兄の方々ならばご理解いただけるハズ!!

……ご理解いただけますよね？

さて、今回作品にする上での打ち合わせも今までのモノとはまた違った、知っている者同士、いや同志でなくては成立しない専門用語が多く上がりました。

「主人公機自体はユ○コーンみたいに赤いラインがあって、必殺技はサテ○イトキャ○ンみたいに、でも背面は石○天○拳的に光が出て、形状はファ○ネルみたいに宙に浮いて。異世界サイドはエイ○アンのパ○ー○ーダーみたいなスカスカで……」

……通じ合えるのは良いのですが、後から色々と被ってないか？　と非常に心配になってきます。

今作はロボット×異世界の物語ではありますが、いわゆる転移モノと言うジャンルとは別にエンディング後の主人公の後日談という側面があります。

私はアニメや映画などで最後に生死不明になった主人公についての論争には生きている

派、と言うよりは生きていて欲しい派で……それこそこれまで苦労に苦労を重ねて来た主人公なんだから、生きて幸せになって貰《もら》いたいと思ってしまうワケです。

まあ、どんな論争であっても〝主人公は異世界に飛ばされた〟などという意見を出すファンはいなかったでしょうが。

いや、彼のロボット大集合ゲームなら結構日常の展開のような気も……。

いずれにしろ彼は『大戦を生き残ったエースパイロット』と言う位置づけで、異世界転移直後は全て終わった後と言う感じで若干ヤサグレております。

もう争い事に関わりたくないと思っていても、結局窮地になれば人を見捨てる事の出来ないお人好しな性格のせいで巻き込まれて……と言った展開になっております。

主人公のバサラには迷惑な話かもしれませんが、まあここは褐色で足の綺麗《きれい》な美少女をヒロインに抜擢《ばってき》しますので大目に見て…………なに？　どっちもお前の趣味だろだと？

バカな⁉　銀髪褐色のスレンダーボディにサリーを着た美少女が嫌いな男子がこの世に存在するとでも⁉

そんな美少女が必死にロボットを操縦したり、主人公と同乗して共に戦ってくれるのだぞ⁉　貴様は見たくないとでも言うのか⁉

…………失礼いたしました。少々熱くなり過ぎたようで。

最後に今作を執筆するに当たり、昨今ロボット物は流行《はや》らないかと悩む私に『異世界でもロボットを前面に押し出した方が差別化出来て良い』と助言を下さり作品について忌憚《きたん》ない意見の数々を与えて下さった担当のKさん、誠にありがとうございました。

実に数年ぶりにスニーカー文庫で出版できるのは全て貴方《あなた》のお陰でございます！

どこまでもカッコよく、是非あのゲームに参戦して貰いたいようなロボットと魅力的なキャラクターのイラストを描いて下さったソエジーさん、40過ぎのオッサンを再び中二時代へと回帰させていただき誠にありがとうございました！

作家10年目にして初、自作の漫画を描いて下さったごんたさん、臨場感があり動きのあるロボやキャラクターの姿を見せていただき、誠にありがとうございました！

そして異世界×ロボットというジャンルにおいて当初より勝手に目標とさせて頂いていた天酒之瓢《あまざけのひさご》先生、今回は推薦コメントをいただき誠にありがとうございました！

いつか〝あのゲーム〟で共演し特殊セリフが付く事を妄想しつつ今後も精進させていただきたく思います。

最後にこの本を手にしてくださった全ての方々に最大の感謝を……。

降ったら降ったで邪魔であるのに、降らないと不安になる雪景色を眺めつつ……。

２０２５年初春　語部マサユキ

魔法《まほう》×科学《かがく》の最強《さいきよう》マシンで、姫《ひめ》も異世界《いせかい》も俺《おれ》が救《すく》う！

著　語部《かたりべ》マサユキ

角川スニーカー文庫　24636

2025年５月１日　初版発行

発行者　山下直久

発　行　株式会社KADOKAWA
〒102-8177 東京都千代田区富士見2-13-3
電話　0570-002-301（ナビダイヤル）

印刷所　株式会社暁印刷
製本所　本間製本株式会社

Printed in Japan　ISBN 978-4-04-115874-6　C0193

★ご意見、ご感想をお送りください★

〒102-8177 東京都千代田区富士見 2-13-3
株式会社KADOKAWA　角川スニーカー文庫編集部気付
「語部マサユキ」先生
「ソエジー」先生

本書は、カクヨムネクストに連載された「魔法×科学の最強マシンで、姫も異世界も俺が救う！」を加筆修正したものです。

角川文庫発刊に際して

角　川　源　義

第二次世界大戦の敗北は、軍事力の敗北であった以上に、私たちの若い文化力の敗退であった。私たちの文化が戦争に対して如何に無力であり、単なるあだ花に過ぎなかったかを、私たちは身を以て体験し痛感した。西洋近代文化の摂取にとって、明治以後八十年の歳月は決して短かすぎたとは言えない。にもかかわらず、近代文化の伝統を確立し、自由な批判と柔軟な良識に富む文化層として自らを形成することに私たちは失敗して来た。そしてこれは、各層への文化の普及滲透を任務とする出版人の責任でもあった。

一九四五年以来、私たちは再び振出しに戻り、第一歩から踏み出すことを余儀なくされた。これは大きな不幸ではあるが、反面、これまでの混沌・未熟・歪曲の中にあった我が国の文化に秩序と確たる基礎を齎らすためには絶好の機会でもある。角川書店は、このような祖国の文化的危機にあたり、微力をも顧みず再建の礎石たるべき抱負と決意とをもって出発したが、ここに創立以来の念願を果すべく角川文庫を発刊する。これまで刊行されたあらゆる全集叢書文庫類の長所と短所とを検討し、古今東西の不朽の典籍を、良心的編集のもとに、廉価に、そして書架にふさわしい美本として、多くのひとびとに提供しようとする。しかし私たちは徒らに百科全書的な知識のジレッタントを作ることを目的とせず、あくまで祖国の文化に秩序と再建への道を示し、この文庫を角川書店の栄ある事業として、今後永久に継続発展せしめ、学芸と教養との殿堂として大成せんことを期したい。多くの読書子の愛情ある忠言と支持とによって、この希望と抱負とを完遂せしめられんことを願う。

一九四九年五月三日

すめらぎひよこ
ep.1
魔王城、燃やしてみた
我が焔炎にひれ伏せ世界
illustration
Mika Pikazo
background painting
mocha
12年ぶり「大賞」受賞作!
最強爆焔娘の異世界コメディ!
(あわよくば何か燃やしたい……)という欲求を抱いていたホムラは異世界へと招かれる——。燃やすことこそ大正義！ 焼却処分はエクスタシー!! 圧倒的火力で世界を制圧していく残念美少女ホムラの行く末は!?
第27回
スニーカー大賞
大賞
スニーカー文庫
The Devil's Castle, Burning
By my flame the world bows down
スニーカー文庫

黒雪ゆきは
Kuroyuki Yukiha
画｜魚デニム
ill.Uodenim
極めて傲慢たる悪役貴族の所業
The Deeds of an Extremely Arrogant Villainous Noble
カクヨム
《異世界ファンタジー部門》
年間ランキング
第1位
悪役転生×最強無双
その【圧倒的才能】で、
破滅エンドを回避せよ!
俺はファンタジー小説の悪役貴族・ルークに転生したらしい。怪物的才能に溺れ破滅する、やられ役の“運命”を避けるため――俺は努力をした。しかしたったそれだけの改変が、どこまでも物語を狂わせていく!!
スニーカー文庫

超人気WEB小説が書籍化!
最強皇子による縦横無尽の暗躍ファンタジー!
最強出涸らし皇子の暗躍帝位争い
無能を演じるSSランク皇子は皇位継承戦を影から支配する
タンバ イラスト 夕薙
無能・無気力な最低皇子アルノルト。優秀な双子の弟に全てを持っていかれた出涸らし皇子と、誰からも馬鹿にされていた。しかし、次期皇帝をめぐる争いが激化し危機が迫ったことで遂に"本気を出す"ことを決意する!
スニーカー文庫

真の仲間じゃないと
勇者のパーティーを
追い出されたので、
辺境で
スローライフ
することに
しました
Banished from the brave man's group, I decided to lead a slow life in the back country.
ざっぽん
illust.やすも
お姫様との幸せいっぱいな
辺境スローライフが開幕!!
WEB発超大型話題作、遂に文庫化!
コンテンツ
盛り沢山の
特設サイトは
コチラ!
シリーズ好評発売中!
スニーカー文庫

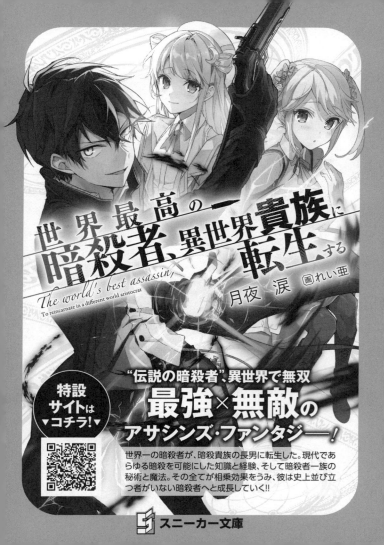

このすば
暁なつめが描く、
もう一つの異世界コメディ!
暁なつめ
NATSUME AKATSUKI
ILLUSTRATION
カカオ・ランタン
KAKAO LANTHANUM
戦闘員、派遣します!
COMBATANTS WILL BE DISPATCHED!
シリーズ好評発売中!
全世界の命運は――
悪の組織に託された!?
特設サイトは
▼コチラ!▼
スニーカー文庫

シリーズ好評発売中！
回復術士のやり直し
Redo of healer
～即死魔法とスキルコピーの超越ヒール～
月夜 涙
イラスト しおこんぶ
二度目の人生、
最強回復《ヒール》で全てを掴む――
Hな復讐劇が始まる！
1分間でサクッと読める！ 試し読みマンガ
※Hな内容につき閲覧にはご注意下さい
※情報は2017年10月現在のものです
スニーカー文庫

もう一度、
ロードス島へ
シリーズ
特設サイトは
▼こちら▼
ロードス島戦記
RECORD OF LODOSS WAR
誓約の宝冠
著 水野良 イラスト 左
日本ファンタジーの金字塔、待望の再始動！
スニーカー文庫

どこよりも早く、どこよりも熱く。
求ム、物語発生の
目撃者——
カクヨム
ネクスト
Illustration: